YUMMY

噹！我們同在一起

張曼娟

噹！我們同在一起

張曼娟

噹！噹！噹！

二〇〇五年七月，外雙溪畔的柳樹微微彎腰，聆聽著炎夏蟬鳴裡，似有若無的，小學堂的鐘聲。

那一年，我剛剛在大學升等為教授，卻覺得生命悄悄的停頓了。每天仍努力做著自己喜歡的事，教書以及創作，卻是在原地踏步。

生命應該是一條河，哪怕速度很緩慢，也應該往前流動著。

孔子是這麼形容生命之河的：「逝者如斯夫，不舍晝夜。」而我的生命之河，在我成長之後，確實流動得緩慢了。

單身與未生育，使我的女人身分一直都只是個女兒，缺少了母親的體驗。我撫抱過嬰孩，卻不是母親的姿態；我注視過孩子奔跑的背影，卻不是母親的眼神；我曾經纏綿的愛過人又疼痛的割捨，卻不是母親的艱難。

一年一年過去，我感知到了生命的凝滯，卻是無能為力的。

二〇〇五年，在幾個好友的鼎力相助之下，我還願似的開辦了「張曼娟小學堂」夏令營的課程。原本只是想帶著國小的孩子「讀經」、「讀詩」與「創作」，卻沒想到，一個巨大的轉機開啟了。

夏令營借用「錢穆故居」舉辦，交通並不便捷，卻仍有那麼多家長，不辭辛勞，頂著豔陽，接送孩子。而我們也見到短短五個半天，孩子可以有多大的改變，這樣的效果，其實是出乎我的預料的。

「夏令營之後呢？」許多家長都在問。

「只是夏天上課是不夠的啊，可不可以規劃一系列的課程呢？」我們接到不少這樣的電話。

但，我明白，一旦這個空中樓閣落地生根，我就不再是現在的我了。工作量更繁重，自己可以支配的空間更稀少，也許連我最愛的發獃時刻也會消

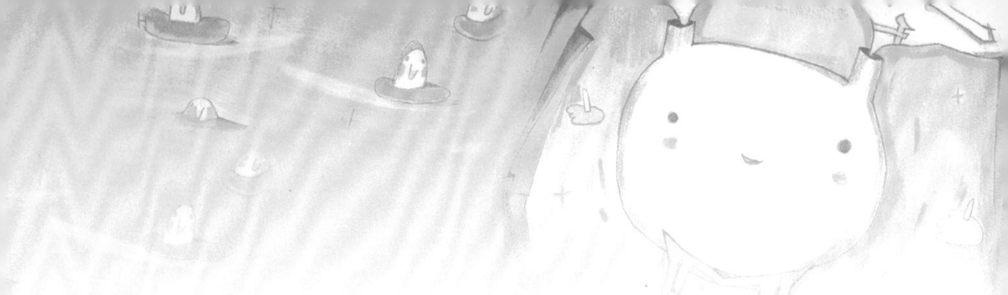

失。我確實考慮了一陣子，那段時間，與教育政策相關的新聞，每一條都令人感到憂慮，以及惱怒。於是，我做了最後的決定。

噹！噹！噹！

二〇〇六年五月，「張曼娟小學堂」在台北城的市中心，捷運站的出口處，安頓了第一個家。最令人喜悅的，是與一株宛若巨傘的芒果樹比鄰，已經有二、三十年樹齡的芒果樹，長得有五層樓高。像個守護神似的，守護著我們在季節中成長的每一個孩子。

每個星期，小小孩與大孩子從四面八方來，他們有時候膩在我身上背書；有時候牽著我的手聽課；有時候不明所以的衝過來攔腰抱住我，緊緊的，彷彿永遠也不想放開。那些大一點的孩子，或許矜持一些，可是，他們還是渴望被注意、被稱讚、被安慰與環抱。遇見國語文程度原本就很不錯的孩子，我便思考著，還能給他們哪些不同的激發，讓他們超越自我？遇見國語文程度欠佳的孩子，我思考的是，該怎麼鼓勵他們，讓他們找到自信，有

勇氣挑戰自我？

在芒果樹旁，我開始體驗作為一個母親的角色與經歷。我把每一個孩子，都當成自己的孩子。愛他們，而不強制他們成為我期望的樣子；不期望，卻能影響他們，讓他們走在最適合的道路上。

於是，夏令營、秋光營、春日營，漸次展開。而我已停頓的生命之河，又開始潺潺地，歡快地，向前流動。

噹！噹！噹！

二〇〇八年七月，新的學堂在景美打造著，我們在芒果樹旁的學堂裡辦最後一次夏令營。從西班牙、德國、加拿大、新加坡、香港來的孩子們，令我們的聚合更為國際化。許多從南部或中部來的孩子，由父母親送到台北，度過小學堂的暑假時光。

有個少年，每天獨自搭乘高鐵，往返新竹與台北，他伏案振筆疾書，寫著作文，我看見他開啟的鉛筆盒裡，那張「台北—新竹」自由席的高鐵票，

忽然之間，太多情緒紛紛湧起，無法承受，感動、疼惜，還有許多說不清的，化成一股酸楚，即將變為淚水。而他突然抬頭，望著我，給了我一個燦爛歡愉的笑臉。那笑容如此明亮，像是一種宣告：在這裡找到了他想要的，他很快樂。我於是向他點點頭，無言，也無淚了。

「為什麼我的小孩到這裡來，就心甘情願的背古文、背詩詞？之前我怎麼威脅利誘，他都不肯背！現在每天回家自動背，還叫我幫他聽聽看背得夠不夠熟？你們到底是怎麼做到的啊？」夏令營的家長問。

我想到秋光營的那個母親，攬抱著兒子，對我說：「老師！我覺得你們很神奇，真的不知道你們是怎麼做到的？就像是Magic touch！」

Magic touch！那是什麼？我無法具體形容。也許是一個環境吧，一群工作夥伴，老師們、孩子們、家長們，共同創造的一種氛圍。歡樂的、安全的、溫暖的、充滿創造力的，我夢想的，一個小小的學堂。

噹！鐘聲是一種召喚，把孩子聚在一起，有些孩子是孩子的形貌；有些

孩子是成年人的形貌，但，我們一直聆聽著，學堂的鐘聲。

噹！我們同在一起，生命的河流，不舍晝夜，終將匯聚成一片海洋。所有的生命，都是自海洋孕育而成的，不是嗎？

謹序於台北盆地

二〇〇八年七月大暑

—Special Thanks—

感謝趙少康先生邀約於「飛碟早餐」開闢「張曼娟小學堂」單元，並發行有聲書，使我分享語文閱讀心得的願望成真。感謝《講義》雜誌林獻章社長、《皇冠》雜誌平鑫濤先生對「張曼娟小學堂」長期的支持與幫助。

目錄

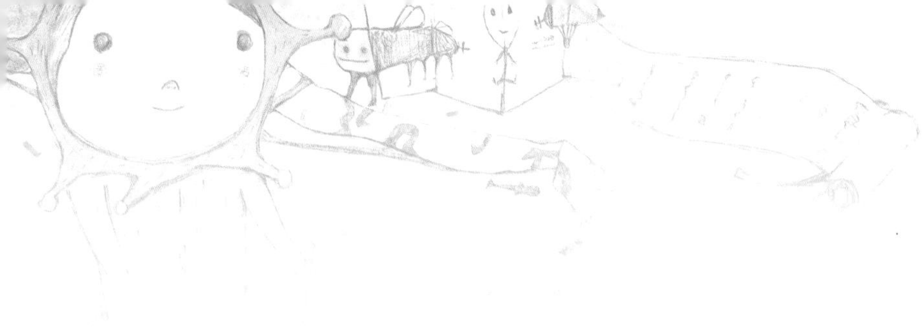

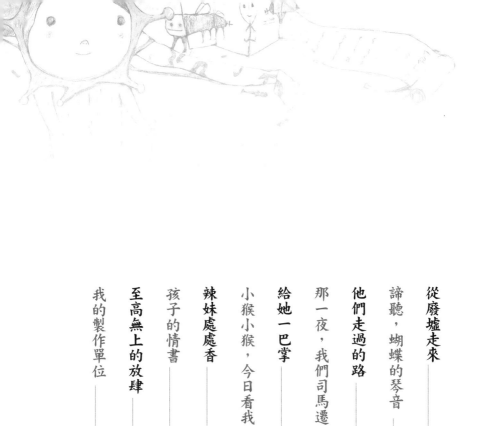

我們來行拜師禮

到底是從什麼時候開始，
我們忽然覺得自己不需要起立，不必敬禮？
我們輕慢的以為，
再也不必對世界保持敬意與感激？
而我的小學生仍然懂得敬意與感激，
於是，作為老師的我們，
也以深深的敬意與感激來回報。

「各位小朋友，五天的課程就到這裡結束了。大家起立，讓我們謝謝老師的教導。班長！」

班長原本笑嘻嘻的臉孔，瞬間緊繃起來，他高聲喊著：「起立！」

嘩啦啦，小朋友高矮胖瘦，並不整齊，統統站起來，站得直直的，臉上卻都有一種整齊的神情。這是最後一天的最後一堂課，他們都明白分離就在此刻了。

「敬禮！」

「謝謝老師！」童音高亢嘹亮。

老師們一字排開，深深向小朋友鞠躬：「謝謝小朋友。」

謝謝大家的合作；謝謝大家上課時認真的神情；謝謝大家把學習當遊

戲，玩得那麼開心；謝謝大家為我們帶來的歡樂與甜美。

「老師把小朋友的名字都記下來了，將來也會注意著每個小朋友，也許，你們會變成一個成功的科學家，成功的藝術家，成功的企業家，成功的……」

「成功的老師！」一個孩子舉起手大聲說。

如果要發言，必須先舉手。他記住了，遵守到最後一分鐘。

「成功的老師？」我怎麼竟然忘記了，當我小的時候，老師也就是我最嚮往的志願呢？

只是，在我們現今的社會價值觀裡，老師不再屬於「成功」的人物了。

對於八、九歲的孩子來說，老師也是一種成功。

最後一分鐘，他們依然讓我學，在小學堂裡。

二〇〇五年七月十一日，「張曼娟小學堂」在外雙溪錢穆故居揭開序幕。

錢穆先生，是舉世聞名的經學大師，他的故居位於東吳大學，正是我盤桓留戀了四分之一個世紀的所在。

首先開課的是第一個梯次的中年級班。

六位老師早早就到錢穆故居做準備，我們把海報看板架在坡道下的入口處，還放了一隻我自己的大毛毛熊，背著小學堂的書包袋，等候著我們的小學生。

二十九個小朋友。

當人們都還沒來的時候，蟬鳴的園子裡顯得更寂靜。彷彿有什麼是一觸即發的，在那樣的近乎真空的時刻，我們「六」神無主，每雙眼睛對望，都

是小小的不安。

最早來報到的孩子，由媽媽陪著在校園裡已經好一陣子了。他們前一天就先來探路，熟悉環境。看見故居的花徑上，色彩繽紛的鳳蝶，翩然從面前飛過，母子二人都驚呼起來。

更多家長和小朋友湧進來，接待室裡愈來愈熱鬧。孩子們帶著點靦腆羞澀，欣欣然的好奇，走進教室裡，找到一個位子，坐下來，展開未知的二十堂課。

叮叮噹噹，小學堂的手搖鈴響起了。

「起立！敬禮……老師好！」

「起立！敬禮……謝謝老師！」

小朋友自動自發，熱烈的喊著。

小時候，是這麼理所當然。為什麼，我在大學的學生，上課之後，聊天的聊天，講手機的講手機，拍照的拍照，補妝的補妝，黏假睫毛的黏假睫毛，吃麵的吃麵……老師已經站上講台，拿起麥克風，教室裡的喧囂聲仍不停止。直到老師扯著嗓子喊：「上課囉！同學請注意，我們已經上課囉！」

就像是夜市裡擺攤的小販，大呼小叫的引起往來路人的注意，請他們看看自己的商品。

到底是從什麼時候開始，我們忽然覺

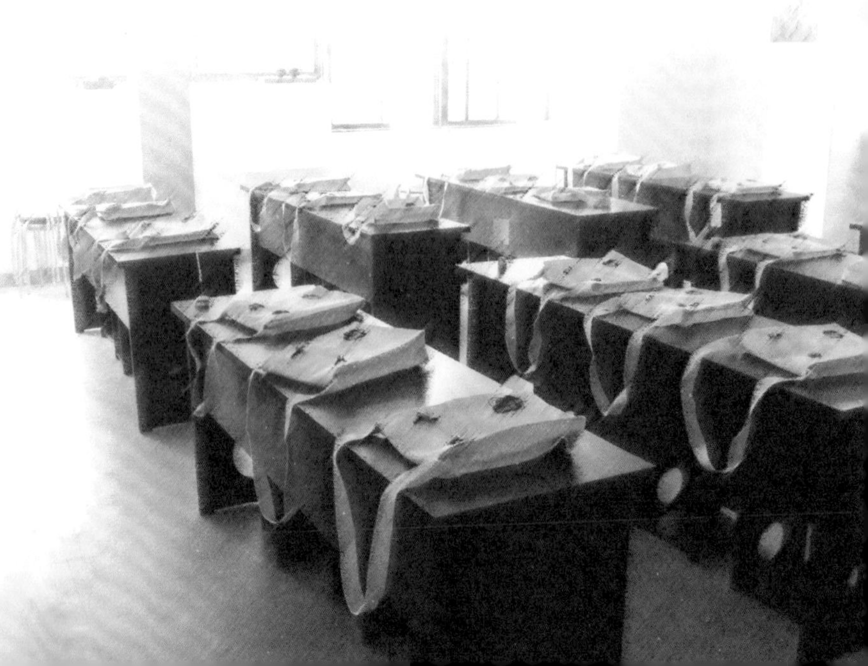

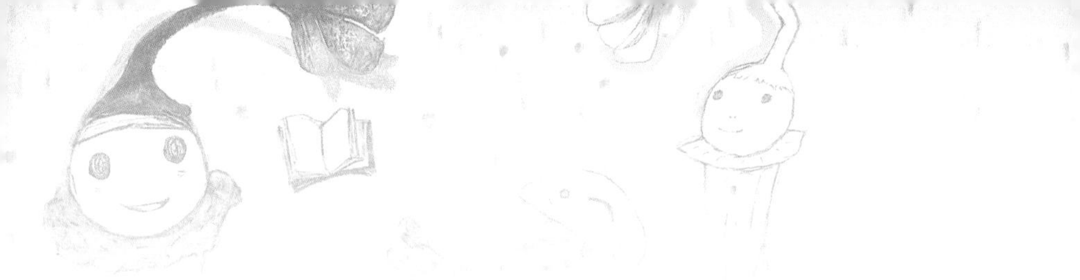

得自己不需要起立，不必敬禮？

我們輕慢的以為，再也不必對世界保持敬意與感激？

而我的小學生仍然懂得敬意與感激，於是，作為老師的我們，也以深深的敬意與感激來回報。

謝師禮成。

列席旁觀的幾個家長忍不住澎湃的鼓起掌來。

如果，我們的世界一直都是這樣，善意的、溫柔的、誠摯的、永恆的小學堂，該有多好！

沒嘴的貓咪，不說話

我學習到和小朋友說話的正確姿勢，
那就是，必須與他們一樣高。
從此以後，我再也不會說，
我不喜歡Hello Kitty了，
因為，她令我有機會跟我的小學生靠得更近，
在交換的那一刻，
我發覺自己回到了與他們一樣的年齡。

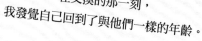

YA、
HELLO
HELLO
HELLO～
HELLO!
Jump
HELLO

聽完了我的暑假大計劃之後，坐在對面的好友依舊默默的喝著海鮮湯，一點都不激動，也不亢奮。

「妳覺得怎麼樣？」因為我太興奮了，所以，也想點燃她心內的火花。

「就是妳要辦一個夏令營，帶著國小學生讀經、讀詩、寫作嘛。」朋友看著勺子裡張開的蛤蜊：「不錯啊。」

「到底怎麼啦？」我們已經認識二、三十年了，心裡有話憋著實在太難受。

「好吧。」朋友終於抬起頭看著我：「妳教過小學生嗎？」我搖頭。

「妳很有教學熱忱，對吧？」我點頭。

「妳在大學教書，大學生也很捧場。可是，小學生不會因為妳是大學教授就聽妳的，他們為什麼要聽妳說話？」

這是一個很好的問題。我並不瞭解小學生，他們最喜歡看的動畫；最喜歡玩的電動；最崇拜的歌手，我都一無所知。

有點小小沮喪的那一天，我走進7-11買了一罐優酪乳和一些零嘴安慰自己。八十幾塊錢，售貨員把找零和磁鐵交到我手上，按照慣例，我準備把零錢裝進錢包，把磁鐵扔進垃圾桶裡，因為我從沒喜歡過Hello Kitty，那隻沒嘴的貓咪。正當我要走出門的時候，忽然，看見一個小女孩掛在媽媽的手臂上，一邊走著一邊嚷著：「要超過七十七元喔，我要Hello Kitty，我們同學都已經收集到二十幾個了，我才只有十六個……」

這是一種非常奇妙的感覺，就在那一瞬間，有一束光芒照射過來，照在我手心的Hello Kitty磁鐵上。

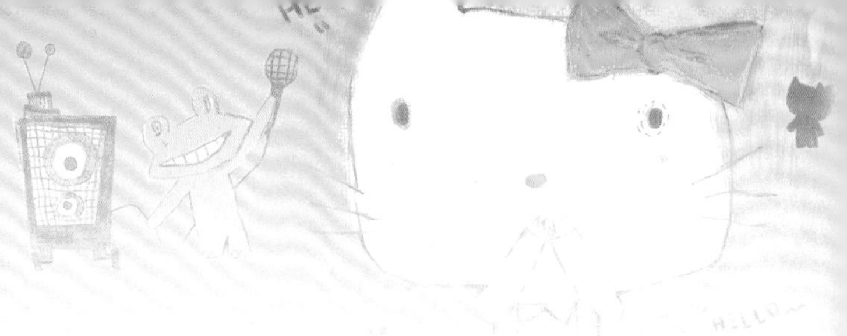

我再也不丟棄磁鐵了，我把它們一片片的貼在研究室的書櫃鐵門上。大學生進得門來感到微微詫異：「咦？老師也喜歡Hello Kitty啊。」我只是微笑著問：「你們有沒有重複的？可以送我喔。」

就這樣，在小學堂開學之前，我已經擁有了十二個Hello Kitty，其中還有一個隱藏版。

開學第一天，我們迎進二十九個中年級小學生。誰也不認識誰，有些拘謹和不安，老師與學生都一樣。到了讀詩課，我把用書法寫好的詩句一條一條的拿出來，用Hello Kitty磁鐵貼在白板上，明顯感覺到小朋友小小的騷動了一陣。等到講完詩，吟唱完畢，下課的時候，幾個小朋友捱到講台前面來。

「老師，這是妳的Hello Kitty嗎？」這是我頭一回跟小學生的交流與互動。

「老師，我也有收集喔，我已經有二十幾個了！」

「老師，老師，我跟妳說喔，我姊姊有很多，妳的這些她統統都有喔。」

「老師，我可不可以跟妳交換啊？」

我確實有著企圖，想要試著拉近與小學生之間的距離，可是，當他們真的圍攏、靠近、熱絡的與我交換心得的時候，我卻感動得想落淚。那一刻，我們好像已經是很熟的朋友了。

「老師。」那個酷酷的小女生杜蘋，臉上一點表情也沒有：「我明天送一個隱藏版給妳。」她說這幾句話的時候，甚至也不看我，雙眼盯著白板上的Hello Kitty。

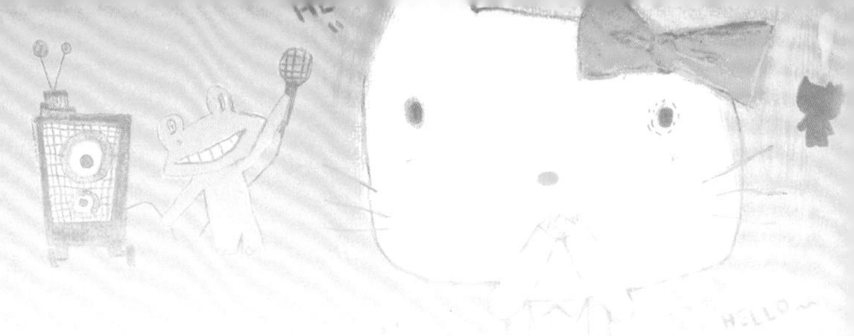

送我？我真的有些受寵若驚了。

第二天，她果然從鉛筆盒裡拿出一個米黃色的隱藏版，交到我手上。當我熱烈向她表示感謝的時候，她還是酷酷的，沒什麼表情。

就從這一天開始，持續不斷的交換與饋贈，就成了小學堂樂章的另一章了。有些孩子並不參與，卻天天都要來閱兵似的點閱一次，還會問那些消失了的Hello Kitty去哪裡了？多出來的又是誰換的？

結業那一天，我已經擁有了二、三十個Hello Kitty。最後一個梯次遇見瑪莎颱風，星期五放颱風假，只好星期一補課了。星期一上課時，一個女生的媽媽悄悄告訴我：「她好喜歡來上課喔，星期四一直看新聞，說不希望放颱風假，好想去小學堂。」

下課時小女生跑來找我：「老師，可以跟妳換那個一九九五的Hello Kitty嗎？」

我忽然想起來，星期四下課前，她曾告訴過我：「我是一九九五年生的，可以跟老師換那個磁鐵嗎？」

到底是一九九五年Hello Kitty的召喚？還是小學堂確實有些吸引力呢？不管怎麼樣，他們願意開開心心來上課，願意聆聽，那隻沒有嘴，不會說話的貓咪，確實扮演著好重要的角色。

我學習到和小朋友說話的正確姿勢，那就是，必須與他們一樣高。

從此以後，我再也不會說，我不喜歡Hello Kitty了，因為，她令我有機會跟我的小學生靠得更近，在交換的那一刻，我發覺自己回到了與他們一樣的年齡。

黑球很孤單

孤單的感覺就像是一群彩色的球，
被扔在草地上。
有紅色的、白色的、綠色的、
黃色的、藍色的……
小朋友們撿起自己最喜歡的球，
每顆球都被撿起來，
可是，天漸漸黑了，
整個草地上只剩下黑球，
沒有被人看見，於是，黑球感覺很孤單……

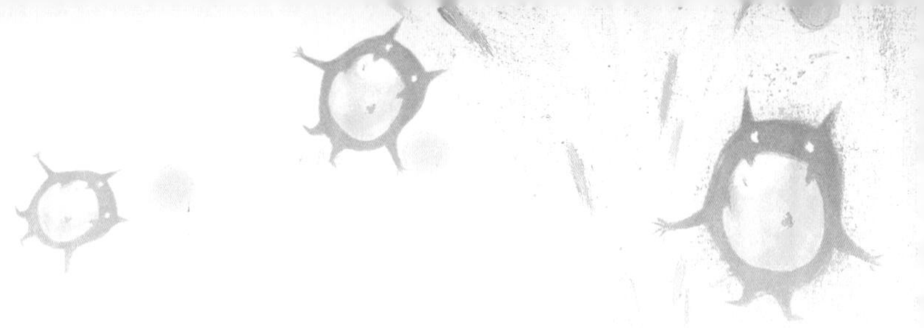

「你們這個讀經班有寫作文嗎？一共可以寫多少篇作文？」

家長打電話來報名的時候，這樣詢問著。我猜想，有少數父母親並不太關心孩子在小學堂學了什麼經？背了多少詩？他們只想知道我們能教孩子寫出怎樣的作文？寫出多少篇作文？這是一個量化的時代，斤斤計較乃是必須。

曾經被廢除的作文考試，即將在國中基本學歷測驗中風雲再起。問題是，許多國小學生根本沒寫過作文，老師也沒教過，他們根本不知道作文是什麼？懷有危機意識的家長當然著急了，恨不得能找來仙丹妙藥，讓孩子吞服之後，下筆如有神，馬上成為亮晶晶的作文神童。

我們的夏令營每天有兩堂作文課，一堂的時間講解各種作文的方法，讓

小朋友練習，另外一堂讓他們即席寫作文。五位老師將各自負責的那一組小朋友的作文帶回家去仔細批改，每個人只改五到六份，可以更細密的找出每篇作文的優缺點。

聽見寫作文就要哀號的小朋友，在老師們的誘導之下，上課上得很亢奮。我們的作文課是由一連串的遊戲與競賽組成的，闖過一關再來一關，就像打電動一樣刺激，在笑聲和叫聲中，學到了許多寫作的技巧。

雖然玩得開心，有些小朋友的作文看起來還真令人心驚。比方說每個小朋友都要寫的題目：「自己的房間」，不太懂得作文方式的小朋友，不知道該怎麼開始？老師於是問他們：「你有沒有自己的房間啊？你的房間看起來是什麼樣子的？你喜不喜歡你的房間呢？它是一個大房間？還是小房間啊？」

結果，小朋友把作文當成問答題來寫：「我有一個房間，一個很亂的

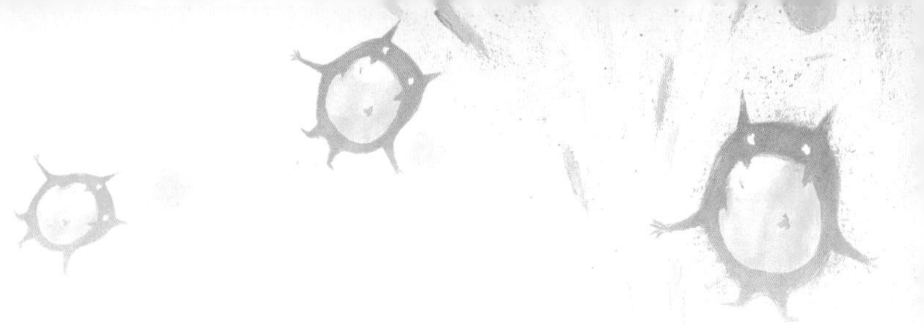

房間，可是我喜歡我的房間，雖然它只是一個小房間。」沒有描寫；沒有想像力；沒有譬喻；沒有擬人法……於是，老師們明白，我們還有很大的發揮空間。

孩子們的作文能力和語文程度，與家長的關係太大了。

我們看見過中年級的小朋友，在作文裡引用〈禮運大同篇〉，講得頭頭是道，老師們爭相閱讀，流著汗問自己：「我小時候能寫出這樣的作文嗎？」那個孩子昭陽有一個非常重視教育的母親，小學堂頭一天開課，我們比報到時間早來一小時做準備，想不到他們母子二人竟比老師們來得還要早，正在錢穆故居裡觀看蝴蝶。

也有幾個資優生的作文寫得讓人驚豔，參加小學堂之前，她們已經接受過許多語文的訓練了，這讓她們的敏感度與理解能力都加強許多。

資優生或許天生對於某些領域有興趣，可是，每個資優生的背後都有父

母親的付出與努力。令人欣慰的是，這樣的付出與努力多半不會白費，是看得出成果的。

有一天，老師出了一個題目「孤單的時候」，說真的，這個題目成年人也不一定寫得好，因為我們都不想面對孤單，天天忙著驅逐它，又該如何面對它呢？

孩子們在全無準備的情況下，必須回溯自我的孤單時刻，並且描寫出來。這實在很像在考場裡翻開題目的瞬間，大約都是愣愣地僵個幾秒鐘，才茫然的提起筆。

我特別注意到一個叫做小軒的男孩，他跟隨著父親的工作在國外搬來搬去，去年才回台灣，母親為了讓他的中文能力提升一些，才為他報名小學堂。

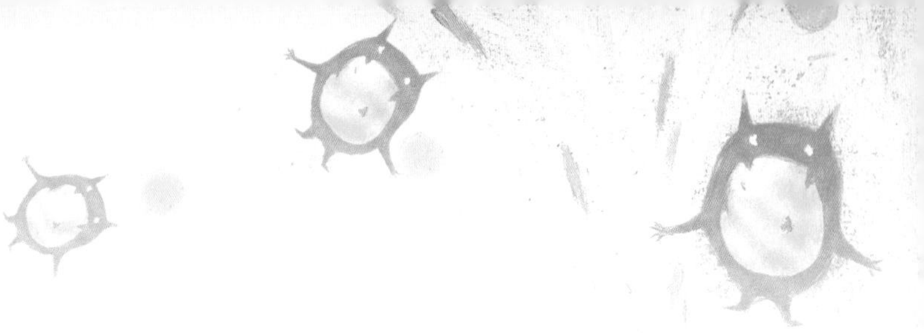

第一篇作文寫的是「自己的房間」，他寫了三行便舉手對我說：「老師，我寫完了。沒東西說了。」他說出了房間的大小和擺設，畫一個大大的句號。「你還沒告訴我們，你都在房間裡做什麼事呢？」「喔。」他低下頭去又補了幾行：「我通常會在房間裡上網、玩木槍、玩水槍，還有打電動……」勉勉強強湊足一頁，不到兩百字，交了差。

「孤單的時候」，幾個大字寫在白板上，我看見小軒皺起的眉頭。

沒多久，他再度舉起手，我走過去，他的作文本上寫了幾句話：「孤單的時候，我通常會在房間裡上網、玩木槍、玩水槍，還有打電動……」「老師，我寫完了。」這一次，他看著我的眼光裡不僅有無奈，還有幾分求助的意味。

「今天不是教了『回想』和『譬喻』嗎？你想想孤單的感覺是什麼？你有沒有孤單的時候？」他搖頭。「你剛剛從國外回來，去學校唸書，老師和

同學都是你不認識的，也沒有朋友，那時候，會不會覺得孤單？」他的臉上閃過詫異，沒想到我對他的事這樣瞭解。「你要好好回想，那時候的感覺，並且，用譬喻的方式寫下來，告訴老師，那是一種什麼樣的感覺。好嗎？」

他伏案疾書，有時候抬起頭，我微笑著，堅定的注視著他，用眼光告訴他：「不可以放棄喔。加油啊！」

第二天上課前，老師們交換著閱讀小朋友的作文，負責改小軒作文的老師，強力推薦了他的作文：「這篇作文跟上一篇有天壤之別，我看了雞皮疙瘩都起來了，寫得太棒了！」

小軒寫著孤單的感覺就像是一群彩色的球，被扔在草地上：「有紅色的、白色的、綠色的、黃色的、藍色的……小朋友們撿起自己最喜歡的球，每顆球都被撿起來，可是，天漸漸黑了，整個草地上只剩下黑球，沒有被人看見，於是，黑球感覺很孤單。」

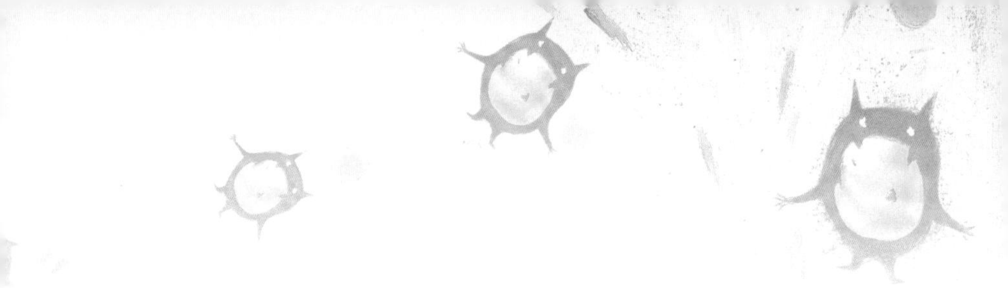

我的目光無法從作文本上移開，喉頭好像被什麼堵住了。

他可以寫這麼好的作文，可以這麼準確的把孤單的感覺描繪出來。他曾經這麼這麼孤單啊。讓人好心疼。

那一天，我在課堂上稱讚這篇作文的優點，為了怕孩子們彆扭，通常不會公布他們的名字，我悄悄瞄了一眼，他瘦瘦的臉上有著羞赧的表情。

聽說過不了多久，小軒又要和父母親離開台灣了，不管他到哪裡去，真希望那個地方的人們，眼力好一點，不要再把黑球孤單的留在黑夜的草地上了。

比獎品更厲害

不管什麼樣的禮物，都是會吃掉的，
要不然就是用掉了，再不然就是壞掉了。
可是，
在這個世界上一定有比禮物更重要的東西，
那是什麼呢？
那就是知識。知識比獎品更厲害，
因為它會讓你成為一個與眾不同的人。
而且，擁有它就不會失去它！

想要多睡一會兒的週末早晨，卻從微微的雨中聽見一陣陣清揚的歌聲：「江南可採蓮，蓮葉何田田。蓮葉何田田，魚戲蓮葉間……」

孩子的歌聲，夏季錢穆故居裡，比蟬鳴更美的聲音。

我翻了個身，不能再賴床了。就像在小學堂上課的每一天，都是精神抖擻的爬起來，準備當天的教材。我起身到客廳裡，孩子的歌聲更清晰了，他們整齊的吟唱著：「花非花，霧非霧，夜半來，天明去……」是小學堂的光碟片，一個美好的留痕。

早起運動的我的父母親，正興致勃勃的播放觀賞著。父親看見自己用毛筆寫下的那些詩句，一條條黏在白板上，還在反省，哪首詩寫得不夠好看，其實，老人家拔筆相助，寫這些詩詞，還真花了不少時間，耗費許多心力。

我在父母身旁坐下，看著我熟悉的小學生，彷彿一伸手，就可以碰觸到他們的肩膀。

在這個小小的學堂裡，曾經讓我學到一些很珍貴的事。

記得在Ａ班的第一堂課上，選出一個當日班長這樣的開端就不太順利，我一個個小朋友的請託，最後，硬是賴上了阿瑄：「老師沒有唸錯你的名字喔，那你要不要幫老師的忙？」阿瑄大概是動了惻隱之心，勉強答應了。他的口令喊得響亮：「起立。敬禮。老師好！」就這樣，揭起了小學堂的序幕。

第一堂課，每位老師都要送小朋友一句座右銘，我的那句是「知之為知之，不知為不知，是知也。」下課之後，小朋友們一哄而散，阿瑄卻在座位上問我：「老師，知這個字就是智慧的智，那為什麼要寫成『知』？而不寫成『智』呢？」我對他的問題感到詫異，雖然只是國小升三年級的小朋友，

已經有了求知的強烈欲望。

下一節上課的時候，我對著全班同學說明了古人用字習慣簡省的事，讓大家都知道。

為了提升小朋友的學習興趣，老師們也曾準備了可愛的小禮物，送給舉手回答問題的人。我們很快就發現，這樣的獎勵成了無底洞，對於禮物，他們愈要愈多，鼓勵的性質漸漸消失了。有一次，小朋友舉手發言：「老師，這一題這麼難，如果我答出來了，妳是不是要把操場送給我啊？」

這句話讓我們都喫了驚。

「不管老師準備了什麼樣的禮物給同學，都是會吃掉的，要不然就是用掉了，再不然就是壞掉了。可是，在這個世界上一定有比禮物更重要的東西，那是什麼呢？那就是知識。阿琯問了一個問題，讓全班同學都可以學到知識，知識比獎品更厲害，因為它會讓你成為一個與眾不同的人。而且，擁有它就不會失去它！」

那一天之後，老師們把禮物都收起來了，課堂上的氣氛依然熱烈，我們用掌聲與鼓勵代替了禮物。

小學堂的家長們也是另一幅動人的風景，家長們送了孩子來學堂，有些又匆匆的趕去上班了；有些便偷得浮生半日閒，在錢穆故居接待室度過等候的下午。我們的下午茶時間，有時會看見小朋友把自己的果汁或蛋糕，帶到接待室去與家長分享。有個頑皮的男孩子，作文胡亂寫，上課永遠跟不上節拍，下課時在樓梯扶手欄杆上翻滾著，觸目心驚，讓老師們有些頭疼。可是，那一天，看見他捧著果汁到接待室去，端給送他來的奶奶，灰白髮絲的奶

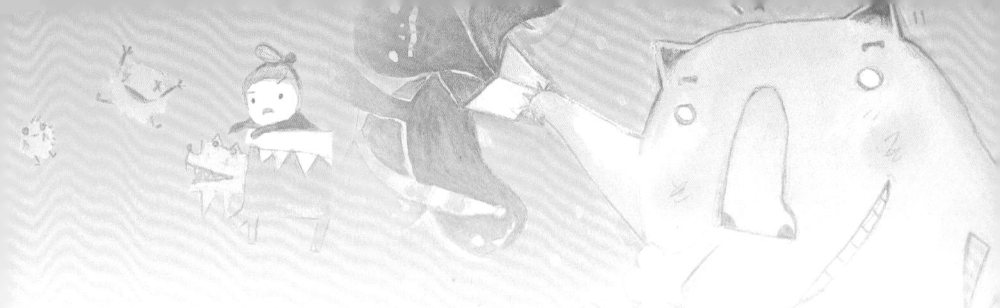

奶笑得那麼窩心，我們便覺得他還是個可愛的好孩子。

有些家長每天送孩子來，都會聽聽老師批改作文的意見，恬恬的媽媽就是這樣的全勤媽媽，她總是很認真的聽著老師指出女兒作文的優缺點，以及如何精益求精的建議，那種專注與會心，就像這作文是她自己寫的一樣。媽媽這麼投入，小朋友的學習與進步，更是出色。結業之後，恬恬寫了一篇日記，媽媽也幫她傳來小學堂，每個老師都看見了。恬恬媽媽的這份心意，對我們來說，也比獎品更厲害。

小學堂真的結束了。

雖然在八月上旬就已經結業了，我卻在這時候才有了告別的心情。向二〇〇五年的夏天告別。

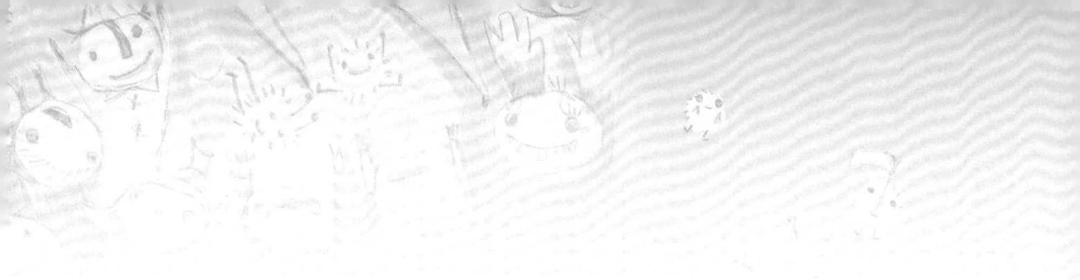

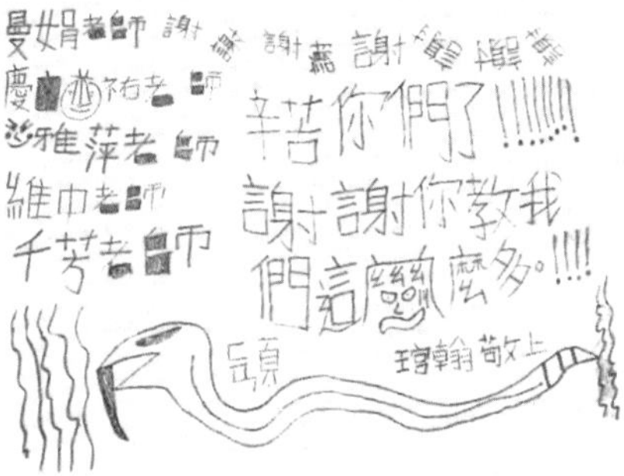
辛苦你們了!!!!!!
謝謝你教我們這麼多。!!!!
瑋翰敬上

芒果樹的耳語

「這就是我們的果園。」我對孩子們說。
原以為這些調皮的孩子會不以為然的嘲笑：
「這哪是果園啊？根本就只有一棵樹。」
然而，他們仰起頭看著樹葉的縫隙；
伸出手撫摸粗糙的樹皮；
貼著耳朵像在聆聽年輪的心跳；
俯身撿起掉落的果實嗅聞，
他們說：「嘩！好酷。」

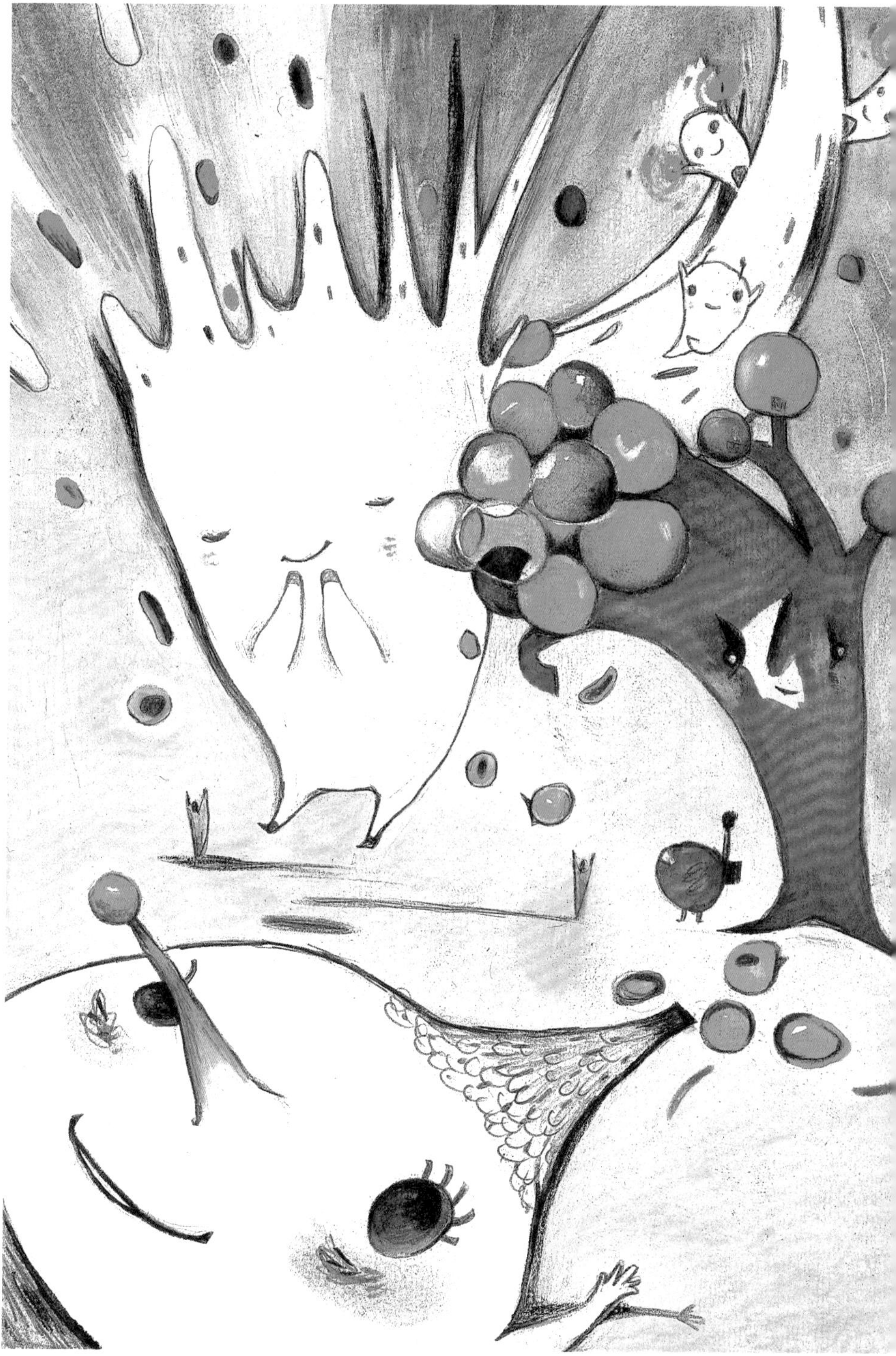

星期天的午後，我放下白板筆，對著有些小小躁動的孩子說：「如果你們專心一點，等一下就帶你們去看小學堂的『果園』喔。」果園？躁動更波瀾了些，在這矗立著骨骼粗大壯碩的辦公大樓區域裡，連一小片綠色草地都看不見，哪來的果園啊？孩子們的問題此起彼落：「要搭車嗎？」「去公園嗎？」「真的果園還是果園的照片？」「有果子嗎？」「可以採果嗎？」

只要坐電梯下樓，就看見果園了。我對他們說。但，他們都不相信，每個星期他們到小學堂來，從沒看見過什麼果樹，更不要說是果園了。

孩子們排著不整齊的隊伍，下了樓，轉個彎，在樓房側邊，看見了那

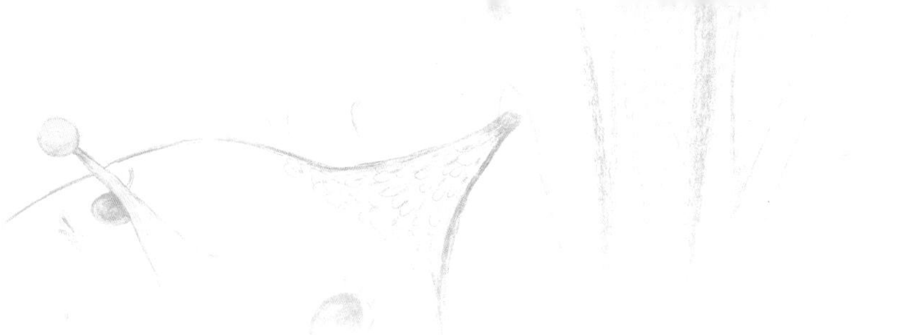

株二、三十歲的芒果樹，奮力從水泥地裡長出來，將近五層樓高，張開雙手也環抱不住的樹幹，筆直的挺立著，張開一把枝葉茂密的巨傘，上面密密麻麻結滿了綠色的小果實，一顆顆，花生的大小。暮春的風過，便聽見樹葉唰唰地，如同浪潮般的共鳴聲。「這就是我們的果園。」我對孩子們說。原以為這些調皮的孩子會不以為然的嘲笑：「這哪是果園啊？根本就只有一棵樹。」然而，他們仰起頭看著樹葉的縫隙；伸出手撫摸粗糙的樹皮；貼著耳朵像在聆聽年輪的心跳；俯身撿起掉落的果實嗅聞，他們說：「嘩！好酷。」

那一天的作文題目是「夏天來了」，我先在白板上寫下一段引導文：「在小學堂老師的帶領下，我們看見一棵高大的芒果樹……」接著，便由他們各自完成。我走到教室外的陽台，從九樓俯瞰我的「果園」，據說，當初種下這棵樹的主人，早已經搬走，因為芒果樹長得好，就留在這裡了。二十

幾年前，有院子的許多人家都有一、兩棵果樹的，養著孩子的夢，也養著許多鳥雀。後來，主人搬走了，可能也帶走了寵物與一切家具，獨獨留下這一棵樹。那年夏天，這樹結滿了重重的果實，許多枝椏甚至快被墜斷了，它以為主人還會回來看看它；它以為孩子仍會用歡笑和讚歎包圍著它，向它討異樣豐美甜潤的果實，而它願意給出所有。

但，主人的房子被夷平了，一幢高樓建起來，整年的灰土沙塵，鳥都不來了，果實紛紛爛在地下，滋養了樹根，然後，樹根被水泥封住了。

癡心的樹，還是崢嶸的成長著，年年結碩大的土芒果。

十年前，這樹的雙十年華，我與它照過面，常常，到這幢樓裡來，探望我的好友。她經營著自己的生意，幾番轉折翻騰，在這裡安了身，重新開始。我們有時候在她的陽台上聊天，伸手去搆那接近卻碰不著的果實，一邊說著我們那些接近而搆不到的幸福與愛戀。

「妳說，這芒果是甜的嗎？」我問。

「很甜的。」她說，彷彿我質疑了她的芒果樹：「當然是又甜又好吃啦。」

夕陽緩緩的降落，把天空染成紫彤色。

「既然這麼好吃，怎麼不留一個給我啊？」我抱怨著她。

「本來想讓妳自己摘來吃的嘛。哪知道，靠近我們的都被採光啦。」她理直氣壯而不無遺憾的說。

我的朋友是個實際的人，她喜歡做生意，接訂單，把產品賣出去，就是最大的成功與快樂。她常說我是個太不切實際的人，因為我的快樂和夢想，是能幫助別人實現夢想。

我又搆了一下，還是沒成功。雖然已經可以想像沉甸甸的芒果停留在掌上的感覺，可以想像剝開它那黃澄澄的果肉，偏就是搆不著。

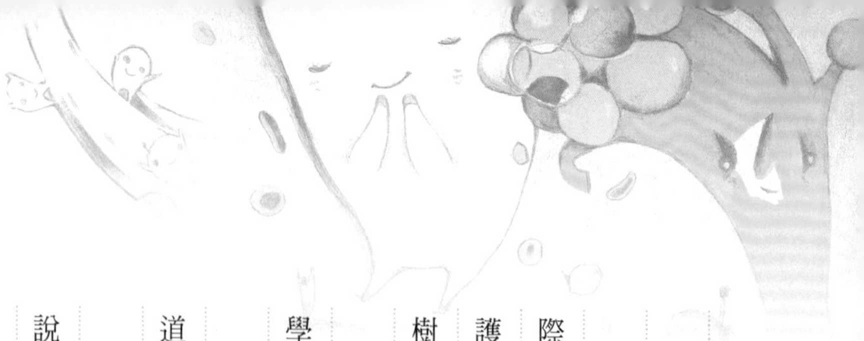

「明年吧。一定可以吃到的。」朋友輕聲說，像一個允諾的耳語。

沒想到，去年春天，我竟搬進了這幢樓，那最實際的人，為這個最不實際的人，圓了一場奢侈的夢想。於是，我覺得自己似乎成為這棵芒果樹的守護者，它不是一棵樹，而是一座果園。孩子們個個振筆疾書，顯然這棵芒果樹為他們帶來許多靈感。

「老師，等到芒果成熟的時候，我們已經放暑假，就吃不到啦！」有個學生忽然發現了這件事，十分惋歎。

「吃不到有什麼關係？你看過它結滿了果實；看過它生長的樣子；你知道這裡有一棵好大的芒果樹，不是很棒的事嗎？」

我明明是對孩子說的，卻似乎又是對十年前站在陽台上搆芒果的自己說，那些搆不著的，卻在風中形成美好誘惑的事物，帶著永恆的甜美與甘香。

如果有一座花園

愈是開放得美麗繁盛的花，
愈容易被判斷為假花，
原因無他，就因為
「看起來太漂亮了，很像假的。」
我們的孩子已經認為，
太完美的事物就不是真的，
到底是他們的福氣還是一種損失呢？

小學堂夏令營即將展開的最後一個週末，我和工作夥伴仍躲不開加班的命運。我問忙得一塌糊塗的班主任Wendy：「妳看我們需不需要一束花，妝點一下呢？」她連頭也沒抬：「妳這麼問，當然就是需要啦。不如直接說吧，想要什麼花呢？」

孩子應該在花園裡長大。我是這麼相信的。

當晚接收到Wendy的郵件，附上一張雜色花草，繽紛美麗的照片，問我：「妳覺得這些花如何？」當我興奮地想叫她立刻去買時，才看見郵件最下方，她寫著：「要去舊金山才買得到啦！」她是從舊金山回來的，到現在那兒還是她的家。我知道她想念著那個家，而我也想念著，去年初夏去舊金山旅行，到了Carmel，住在一間百年民宿「Old Montery Inn」裡，那兒就

有一座上了年紀的好花園。

各種季節的花卉次第開放，不見得是花團錦簇的，卻自有空間與性格。那些花壇與亭台，小小的噴泉與步道，爬藤植物靜悄悄愈爬愈高，把綠意送進每一扇窗子裡。如果，我們可以在這樣的花園裡上課，該有多麼美好啊！

當我還是小孩子的時候，總是在花園裡遊戲和生活，雖然並沒有現在這麼多的公園，但是，彷彿家家都是有花園的。我家的花園小小的，而且簡陋，就是一片泥土地，用一些破磚瓦圍起來。然而，那已經足夠讓孩子作夢和埋藏秘密了。我們曾經把知了和金龜子的屍骸挖個小坑埋起來；也曾有男生帶著我們灌螞蟻，把牠們從地穴裡趕出來，只是趕來趕去，不知到底想把牠們趕到哪裡去？小小的花圃裡，種著梔子花，它的香氣濃郁逼人，適合遠遠的嗅聞；比不上隔鄰高大

的含笑花，盛放時鄰居奶奶一家家的分送，我喜歡放進鉛筆盒裡，每次一開啟拿出筆來，就是沁心的甜香。家裡的花圃還種了葡萄、石榴和桑樹，以及柏樹、桂花與曇花。秋天到的時候，父親會去買幾盆黃澄澄的菊花，放在花圃裡。一陣風過，就可以聞見空氣中爽颯的氣味。

小學堂有了自己上課的地方，只是，沒有花園。在辦公樓中，在如此靠近捷運站的位置，還想要花園，是不是太奢侈了？但是，我看見了一條陽台，被前任租客堆放太多東西，已經結滿鐵鏽的積沉物，是怎麼刷洗也不可能變清潔的了。然而，稍加改裝，它就能成為我們的小花園啊。我們買了木條鋪起來，請花藝設計的朋友為我們妝扮出一個熱帶風情的小花園，就在教室外面，小朋友一轉頭就能看見。

這花園還得有延續感，從外到內，每個星期，我們都在講台上插著不同的鮮花。有些孩子來得早，會看見我忙碌著為花朵找瓶插的景象。「老師，你們好喜歡花喔！」孩子仰著微笑的臉對我說。「妳喜不喜歡花呢？」我問她，她用力點點頭，說：「很喜歡。」

我們有時候也會進行「被花唬弄」的遊戲，上課時，讓學生到講桌旁細細觀察瓶裡的花是真的還是假的？愈是開放得美麗繁盛的花，愈容易被判斷為假花，原因無他，就因為「看起來太漂亮了，很像假的。」我們的孩子已經認為，太完美的事物就不是真的，到底是他們的福氣還是一種損失呢？

有一次教到黃巢的菊花詩：「待到秋來九月八，我花開後百花殺。沖天香陣透長安，滿城盡帶黃金甲。」問孩子菊花有沒有香味啊？他們不知道。問他們菊花為什麼會聯想到盔甲呢？他們還是不知道。然後，我們赫然發現，他們根本沒見過菊花。這一驚非同小可，Wendy主任立刻去買了幾朵菊花，讓孩子們領略黃金甲的境界。

「老師。我發現小學堂的花都沒有重複過，你們每個禮拜都換喔？」那

個細心的男生突然問。「是啊。想帶給你們不同的感受啊。」我回答。「那如果我一直來，上課上很多年，會不會有重複的一天？」他問得一半認真，一半嬉笑。「你可以試試看啊！」我答得一半不認真，一半不嬉笑。

其實，我只是希望，當這些孩子都長大以後，想到他們曾經上過一些有趣又有用的課程，認識了許多聰明的古人和詩人，並不是在小學堂，而是一座開放著四季花卉的美麗園圃。

寒食節，
我們吃潤餅

有些孩子到小學堂的時候，
語文程度低落，
我們仍樂觀的相信，他們一定可以的。
我們總是要幫他們調啊調的，
一次又一次的，把他內在的情感和思緒，
捲成一個漂亮的捲子，
完美的、可口的呈現出來。
就像這些潤餅，被孩子捧在手上，
張大嘴一口咬下去，
讚歎地說：「好好吃啊！」

YUMMY
A
B
C

四月四日，天剛剛亮，小學堂就瀰漫著一股興奮又忙亂的氛圍。事實上，這種氛圍已經持續兩三天了，當我們忽然發現，清明之前的寒食，小學堂正好要上課呢，於是我脫口而出：「我們是不是應該讓小朋友吃潤餅過寒食啊？」工作夥伴們睜大眼睛看著我，對於一個二十年沒進過廚房的人來說，這樣的提議太匪夷所思了。

「妳是認真的嗎？」林主任第二次聽見我提到潤餅時，這樣問。「吃潤餅很麻煩喔。」她又補上一句。

我的眼前立刻浮起了花木蘭。

東市買駿馬，西市買鞍韉，南市買轡頭，北市買長鞭。

人家可是代父從軍，我們只不過是吃個潤餅。

「就試一次吧。」我咬著牙說。

這一切都要怪重耳嘛，我在白板上畫出了晉國公子重耳，為了加深孩子們的記憶，還給他畫上四個耳朵：「請注意喔，不能唸ㄓㄨㄥˋ喔，要唸ㄔㄨㄥˊ喔。」我說了重耳帶著親信臣子逃出晉國避難的經歷，說了他們被困在絕境中，沒食物可吃的艱難。介之推割下自己的股肉煮給重耳吃，救了重耳一命，重耳後來返回晉國繼位，成了晉文公。他想起隱居的介之推，希望他可以出仕，介之推只願奉母頤養天年，不願作官，晉文公聽信了旁人的計策放火燒山，想逼迫介之推下山，結果，介之推被活活燒死在棉山。

「忘恩負義！」有些男生聽著便激動起來。

「這麼愚蠢的人，還不如讓他餓死算了。」

「晉文公沒想到介之推會燒死吧，否則他才不會放火呢。」女生比較能夠感同身受：「他應該後悔得要死吧。」

沒錯，吃了股肉的公子重耳，下令火燒山的晉文公，後悔莫及，他砍下介之推死前環抱的那棵樹，製成木屐穿在腳上，想念介之推的時候，便看著木屐一聲聲喚：「足下！足下！」

也因為這個悲劇，晉文公將介之推被燒死的那一天，定為禁火節，全國吃乾糧、冷飯，這就是所謂的寒食節。

「只能吃冷食物，是不是很不方便啊？」我問學生們。

「不會啊！我可以吃沙拉！順便減肥。」胖胖的那個男生說。

「我可以吃涼麵，我奶奶的涼麵超好吃的喔。」有個女生說。

「手捲和壽司啊，還可以吃生魚片，有很多東西可以吃啊。」學生你一言我一語的嚷嚷。

「那麼，古代的人寒食節吃什麼呢？他們吃潤餅。」我提高聲音，有點亢奮的說。潤餅可是我的最愛呢。

台下一片沉寂，過了片刻，胖胖男生問：「潤餅是什麼？蔥油餅的一種嗎？」

「啊？你們不知道潤餅是什麼？沒吃過潤餅？」這下換成我傻眼了。

大家都搖頭。

「好吃嗎？」他們問。

「當然好吃啦，那是我最喜歡吃的呀！你們竟然沒吃過？」

四月四日的高級班，上課那天正好就是寒食節，於是，下午茶點心，他們吃的是潤餅。

我和主任早就把潤餅大行動的任務分配完成了，我只負責紅糟肉和豆芽，其他的統統都由主任一肩扛起（怪不得她常常肩膀痠痛）。她要準備潤

餅皮、海山醬、肉鬆、蘿蔔乾、蒜酥、虎苔、黃金蛋皮（分為雞蛋與鴨蛋二色）、花生糖粉、香菜、還有一大缽的咖哩炒高麗菜等等。這一大缽切細絲的高麗菜，讓她切到前一晚的午夜一點鐘（這下痠痛得更厲害了），最後還是由主任的媽媽掟刀炒成的。至於身兼數職的我，順水推舟的把紅糟肉和炒豆芽的重責大任交給了父母親大人。父母親時時向我回報最新狀況，市場裡有一家又脆又肥的綠豆芽，看來好新鮮；已經打聽到最好吃的紅糟肉，老闆同意讓我們預訂了。

四月四日那天，一早起來，便看見餐桌上堆積著如一座小山丘的綠豆芽，果真是白白胖胖，看來很脆爽。我們家吃綠豆芽，務必去細根，一條一條摘出來，有點像是苦修的功課那樣，母親正修著那功課呢。我知道外面吃潤餅，將豆芽燙一燙也就行了，母親堅持要用大蝦米爆香之後，大火爆炒，起鍋，才能留住脆而多汁的口感，才不辜負這好豆芽。父親也算好時間，趕

著出門，提回兩盒紅糟肉。

當我拎著大包小包進入小學堂，這才發現，和主任比起來，我這點場面，簡直是小巫見大巫。

高級班的同學來上課的時候，我著實難掩雀躍之情的宣布：「為了寒食節，我們今天的下午茶很特別喔，要吃潤餅！」孩子們有的問：「潤餅是蔥油餅嗎？」有的問「潤餅好吃不好吃啊？」當然也一定會有煞風景的高聲嚷嚷：「不吃行不行？我不想吃！」

好不容易等到下午茶時間，下課的孩子看見那鋪滿一桌子的配料，都露出驚異的表情，還有不知從何下手的疑惑。我們給他們一人一個碟子，將配料在餅皮上鋪好，送到我面前，由我幫他們裹成一個捲。有些孩子講究的是配色，條理分明；有的孩子大開大闔，堆滿一張餅皮，不管他們如何鋪陳，我一定得挪挪騰騰，擠擠壓壓，捲成一個捲子，才算大功告成。

「老師，老師，妳看我包成這樣，妳要怎麼捲？」那個男生把潤餅當成PIZZA，將所有菜料厚厚鋪滿餅皮，準備送進烤箱的架勢。

「看我的本事囉。」我調整一番，硬是裹成一捲。

也是在這時候，我忽然想到自己和小學堂的老師們，不管這些孩子到小學堂的時候，語文程度低落；視寫作為畏途；錯字令人驚心動魄，我們都樂觀的相信，他們一定可以的。

我們總是要幫他們調啊調的，一次又一次的，把他內在的情感和思緒，捲成一個漂亮的捲子，完美的、可口的呈現出來。

就像這些潤餅，被孩子捧在手上，張大嘴一口咬下去，讚歎地說：

「好好吃啊！」

「老師，我可以再吃一個嗎？」那個宣稱自己不吃潤餅的男生，跑來問我。

我微笑的看著他，點點頭。

後記：

寒食節那一天，我原以為已是豐盛的極致，想不到，竟還有驚喜與感動發生。第二個星期三，我們收到了學生家長的一封信：

各位敬愛的老師們：

那天庭逸回到家，興奮的告訴我：「今天我們吃潤餅耶！老師親自準備材料喔！曼娟老師包的咬下去會『開花』……」當我聽著他叨叨的敘述老師們切了一整夜的材料，滿頭大汗、手忙腳亂的幫他們準備潤餅時，淚早已佈滿了眼眶！

老師們，謝謝！謝謝您們如此用心的為孩子們準備的一切，您們不僅

教他們寫作，更令我放心的是教他們如何從經典、詩文中學習做人處事的道理，本來這樣我們做家長的就很感動了，沒想到老師還親自下廚洗手作羹湯，配合時令，讓他們即使是在吃點心也能學習！您們真的太棒了！

我向大家致敬！

庭逸媽媽　陳曉璐　敬上

YUMMY

你好嗎？兵馬「桶」

這不是我頭一次觀看兵馬俑，
可是，卻是頭一次意識到
兵馬俑原來是很高大的。
與孩子同等的高度，同樣好奇的眼睛，
我看見一個輝煌王朝的昂然矗立，
也感受到灰飛煙滅之後，蘊藏在深沉地下，
隨時可能甦醒的偉大能量。

A
B
H

「老師！我們可以去看兵馬桶了嗎？」

小學堂的孩子，在歷史博物館前集合，迫不及待的指著海報，大聲嚷嚷。

「唉喲！不是兵馬桶，是兵馬俑啦！」

老師們臉紅紅的糾正。

這是小學堂有史以來頭一次的戶外教學，大家都有些興奮，孩子們固然是雀躍的，老師們也很期待。對我來說，帶著這群大大小小的孩子，重返我青春領地——南海學園，當然是意義非凡了。

因為集合時間太早，博物館還沒開門，我們便先去植物園逛一圈。走過我年輕時粉墨登場的藝術館，曾經是中央圖書館的巍峨建築，停留在綠

意盎然的荷花池畔，綿綿雨絲灑下來，於是，荷花還沒生成，我們的傘花先綻放了。

我們一起閱讀了余光中的詩〈等妳，在雨中〉：「等妳，在雨中，在造虹的雨中／蟬聲沉落，蛙聲昇起……」嘓嘓嘓，唸到這裡，神奇地，四面八方的蛙鳴，像聽見某種召喚，一齊合唱。孩子們和陪同的家長，全部安靜下來，睜大眼睛，有人忍不住讚歎：「哇！怎麼這麼巧啊！」

難道是同一隻青蛙嗎？

我還清楚記得，中央圖書館還在荷花池畔的時候，為了尋找碩士論文的資料，常常和同學到這裡來，好像也是一個初夏，也是下著雨或下過雨的潮濕。連空氣的味道都有些雷同，植物的、泥土的、松鼠奔跑的毛皮氣味，混在一起。我們從觀看微卷的房間走出來，揉揉疲倦的眼睛，在一座亭中坐下，沒什麼主題的聊天，只為了拖延回到微卷室的時間。有個同學

說：「真希望唸完之後，再也不必唸書了。」有個同學說：「我想嫁個有錢人，當少奶奶。」然後，她們都看著我，彷彿大家都分享了秘密，只有我不肯說。「我想當老師，因為，我真的好喜歡教書喔。」我沒仔細想，就這麼說出了口。

然後，蛙鳴齊響，像一支龐大的樂隊那樣演奏起來。

「青蛙說，你們的願望都可以成真啦！」我拍著手大笑。

我們的願望果然都成了真。

當然不會是同一隻蛙，見證這一切。但是，從博士生教到碩士生，從大學生教到中學生再教到小學生，真的是很齊備的教書資歷與體驗了啊。

當我牽著八歲孩子小小的手，當他們仰起頭望著我喚「老師」的時候，我知道自己當年並不是未經思考的輕率脫口，而是潛藏在內心的切實盼望。

戶外教學的下一週，孩子們的作文，許多都是寫給兵馬俑的一封信。他們的開頭都是這樣的：「你好嗎？兵馬俑。」好像兵馬俑是他們的同學或好朋友，有段日子沒見了，還滿掛念的。如此親切，我都替兵馬俑感到窩心了。

有個小女孩訴說她的體貼：「我覺得你們都好高大喔，而且已經站了好久，都不能坐下來休息一下，一定很累吧。」接著又吐露她的擔憂：「老師跟我們說了你們的故事，可是，說真的，我還是不太明白你們為什麼會被埋在地下。但是，等我長大應該就會知道了，你們千萬不要生氣喔，不要打我喔。你們這麼高大，如果發脾氣的話，一定很可怕的。」

一個小男孩寫信給綠面俑，那位挖掘出土時，不明原因的綠面兵俑：「你好嗎？綠面俑。為什麼你的臉是綠色的呢？是不是因為缺乏運動，所以身體不太好？還是因為幫你畫臉的工匠把你畫得很醜，害你氣得臉都綠了？」他為綠面俑設想得這麼周到，詢問得這麼懇切，綠面俑應該也會感動的吧？

這不是我頭一次觀看兵馬俑，可是，卻是頭一次意識到兵馬俑原來是很高大的；頭一次感受到他們長久的守衛與站立，其實是很疲累的；頭一次意識到他們不僅是地下兵團，每個人俑都可能會有自己的故事與經歷。

與孩子同等的高度，同樣好奇的眼睛，我看見一個輝煌王朝的昂然矗立，也感受到灰飛煙滅之後，蘊藏在深沉地下，隨時可能甦醒的偉大能量。

老師二十歲

小學堂的孩子們，讓我明瞭，
他們完全不在意那些成年人在意的事，
名氣啦、形象啦，一點都不重要。
他們要的是一個真正的老師，
他們只要這個，而這已是我的全部。
我是一個「二十歲的老師」，
剛剛成年而已，未來要學的事，還多著呢。

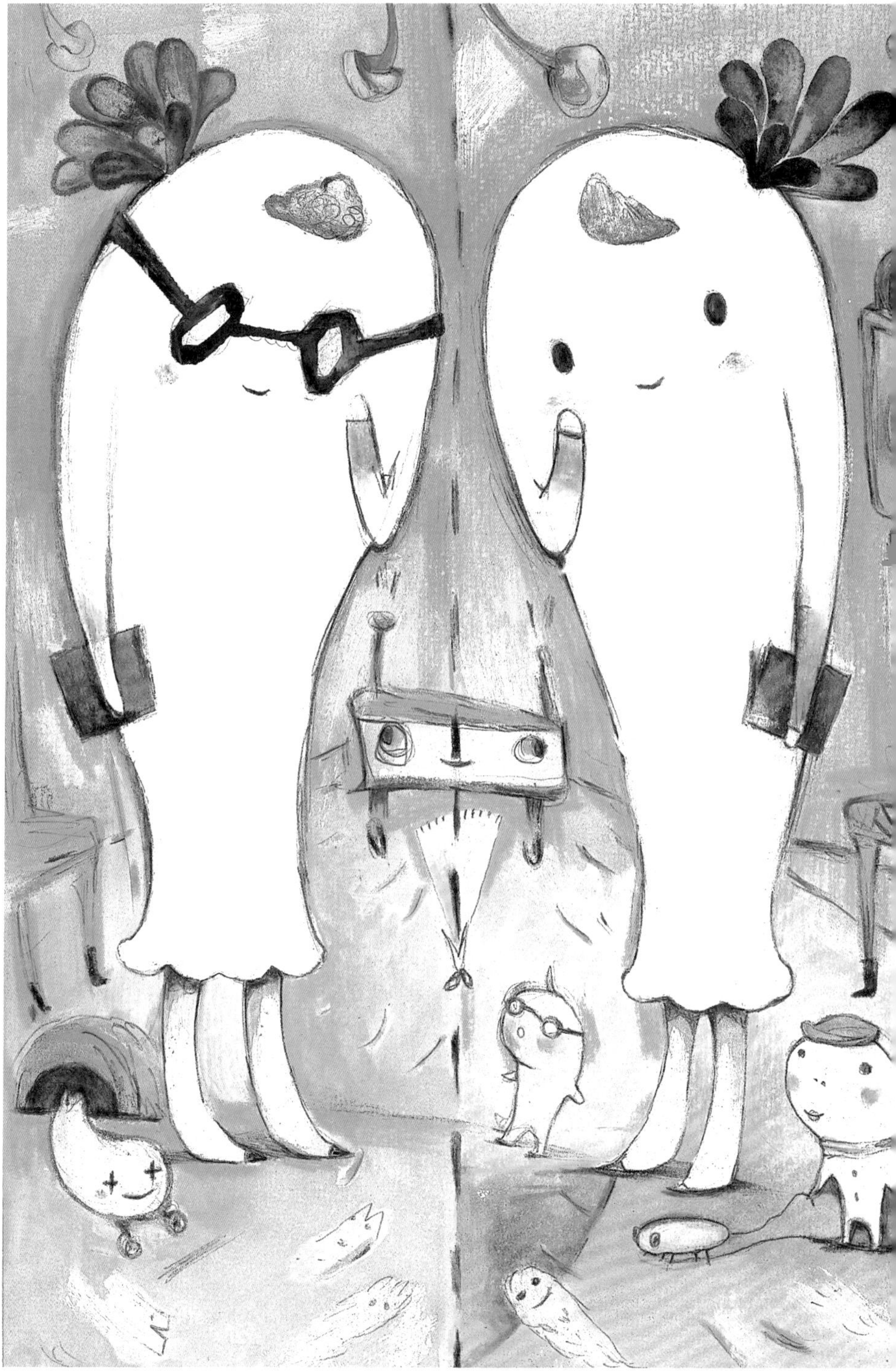

小學堂夏令營頭一天開課，我是使用助行器緩緩走進教室的。這個出場，實在很特別，坐在教室裡的少年們個個噤聲，一旁的家長議論紛紛。

「我一直在想，應該說些什麼話來激勵國中生，這下可好，我用自己『殘而不廢』的精神，跟各位同學共勉吧。」開學前在夜市狠狠摔上一跤，使我將近三個星期的時間都不良於行，每天撐完十小時的工作時間，只剩下一個強烈的念頭——我要睡覺！

那個星期一，又是開放家長旁聽的始業式，我們將要迎接的是充滿期待、亢奮的學生家長們。孩子常常是被大人逼著來的，剛開始都有點不情不願，幾天後才會欲罷不能。而這些家長多數都是我的讀者，他們的熱情澎湃，有時候會說出這樣的話：「曼娟老師，其實喔，是我超想來上妳的課，

可是妳只教小朋友，我只好叫我兒子一定要來上課。」當場上演一齣「代母入學」的新戲碼。

一個熱情家長，旋風一樣的捲進我們的小小辦公室，衝著我大喊：「老師啊！我是妳的學生啊！妳還記得我嗎？」我立刻起身迎接，連助行器也不用，就來到她面前。她看起來，就是學生家長，我無法將她的形象從記憶資料庫中找到。

「妳不記得我了？我是妳文大第一年教的學生啊！那時候妳剛出《海水正藍》，到我們班來上課，好多男生都跑來看妳啊，只好換大教室，還是擠不下啊……」文化大學文藝組第一年教的學生，也是我在大學教書的頭一年，那就是一九八七年的九月。

「二十年了！」我們倆一同驚叫起來。

竟然將滿二十年了。我的老師生涯。

許多畫面、情節、聲音、歡笑、辛酸、苦澀、甜美……倏地從眼前一幕幕閃過。我怔忡地站著，不知道該說些什麼。而她立即喚來女兒，與我相見，看見小女孩純真青春的容貌，忽然與她母親二十年前的形象相結合，我的記憶庫閃閃亮起來。「我想起妳二十年前的樣子了。」我輕聲對那個母親說。

剛剛開始在大學教書的時候，我肯定不會是一個好老師，因為不夠專業，歷練不足，再加上太過戒慎恐懼。還記得第一次正式上課，我講了一個神話故事，是和桑樹有關的，並且解釋桑樹與喪禮有同音的聯想，板書時，我緊緊捏住粉筆，竟完全想不起來桑樹的「桑」該怎麼寫？好像一台當機的電腦，只能聽見嘎嘎嘎，硬碟費力轉動的聲音，無助的腦海一片光點。正是他們班的一個男生，走上台來，用粉筆規規矩矩寫下一個「桑」字給我看。大家都原諒了我的緊張，因為台上這個年輕的女老師，比他們大不了多少。

但我確實做足了成為老師的努力，我燙捲了長髮，買了有墊肩的套裝，穿上很正式的高跟鞋，還搭配著大型耳環，一切努力都為了讓自己看起來「成熟」些，比較「像」一個老師。

「像」一個老師；「是」一個老師，這中間還有遙遠的距離。

剛剛開始在大學教書的時候，我也是個受寵的老師。課堂上的鮮花、禮物不斷，已經教過的學生會組個小樂團，找到我上課的教室，在門口為我唱生日快樂歌。他們不稱我為張老師，而叫我「曼娟老師」，有的還叫「小曼老師」，親暱得如同姊妹兄弟。他們關心我眉宇間細微的變化，揣測著我是快樂的或是憂傷的；他們與我分享自己最隱密的愛戀與惆悵，知道我可以瞭解並且支持，他們甚且在有人企圖傷害我的時候，挺身而出。

我便是在這樣的環境中，努力蛻變，終於，「是」一個老師，而不只「像」一個老師了。

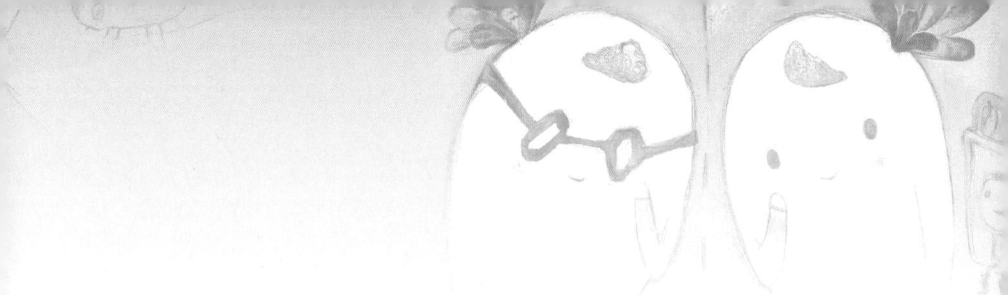

我不再需要外表的裝飾或配備，不需要維持一個「名人」老師，或是「美女」老師的假象。我試著讓自己更自在，也更自由。

這嘗試不見得成功，有個大學生曾經對我說：「老師，我覺得妳戴眼鏡和隱形眼鏡真的差好多喔。為了妳的形象，還是應該常戴隱形眼鏡的啊。」我知道這是發自內心的諍言，對於成年人來說，「外表形象」是非常重要的。而我又如何能逢人就解釋，因為乾眼症的關係，戴上隱形眼鏡其實是很不舒服的。

沒想到在小學堂裡，竟是完全不同的景況。我總是戴著眼鏡的，戴眼鏡上課；戴眼鏡談孔子和莊子；戴眼鏡講李白和安史之亂；戴眼鏡陪他們唱詩、遊戲、寫作文。他們從沒挑剔過我的形象，他們只是喜歡和我分享許多事；喜歡倚靠著我撒撒嬌；喜歡把自己愛吃的零嘴送給我。

在我們戶外教學去看兵馬俑那一天，下著雨，為了怕鏡片淋濕了，我特地戴著隱形眼鏡出門，既然戴上隱形眼鏡，也就刷了刷睫毛，順道撲點腮紅。那些小學生見到我，都有點小小的驚奇。我心裡暗自揣測，他們會覺得老師今天看起來精神很好嗎？還是變得比較漂亮了呢？

等到我們參觀完兵馬俑，在出口處等待集合的時候，一個小男生終於發難了：「老師！妳為什麼不戴眼鏡？」我稍稍解釋一下，他聽完之後，

下了結論：「可是，我比較喜歡妳戴眼鏡的樣子。」「對啊！」其他幾個男生女生也圍過來：「我覺得妳戴眼鏡比較漂亮，不戴眼鏡怪怪的。」「對啊。我也覺得，老師還是戴著眼鏡最漂亮。」從小到大，從來沒人說過，我戴眼鏡「比較漂亮」的啊。正當我陶醉其中，如同漫步在雲端，一個更小的孩子

拚命擠了過來：「老師老師，我覺得妳戴眼鏡的感覺，好……好慈祥喔！」

慈祥？我的天！

我那天受到的衝擊，大概就像掩埋兩千年忽然被挖出來重見天日的兵馬俑一樣吧！

小學堂的孩子們，讓我明瞭，他們完全不在意那些成年人在意的事，名氣啦、形象啦，一點都不重要。他們要的是一個真正的老師，他們只要這個，而這已是我的全部。

我是一個「二十歲的老師」，剛剛成年而已，未來要學的事，還多著呢。

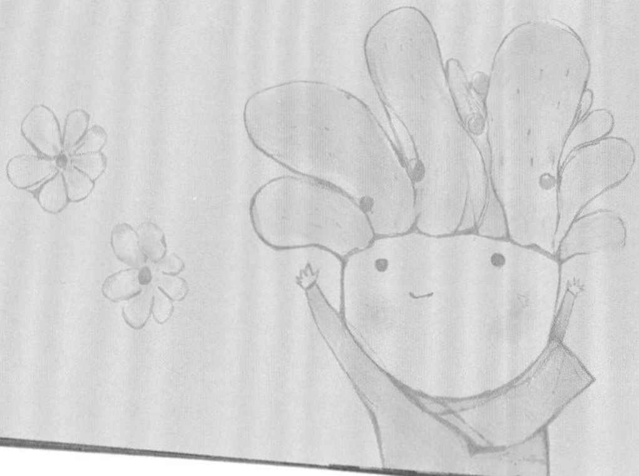

從廢墟走來

下課的時候，
我喜歡在某個角落裡觀察，
有些女生並著肩在玄關散步；
有些坐在沙發上盪著腿；
有些在公布欄前聚集，
專心看張貼出來的佳作。
他們都有一種怡然自得的神情。
如果，這裡不曾是一個廢墟，
又怎能感受到創造的神奇與美好？

HAPPY!

夏天剛剛開始，我站在簽過約租賃下來的辦公室門口，看著那宛如戰後廢墟的「洞穴」，心裡空空的，無法有美好的想像，關於未來，關於小學堂的這個新家。它的面積比起原來的地方大了整整一倍，然而，那些垂掛的線纜；斑駁脫落的牆面；凹凸不平的地面；從窗外照射進來的隱幽的光，都了無生氣。

我因此更加愛戀位於九樓的舊學堂，它雖然小小的，卻妥貼明亮，被人聲笑語充滿，被情感和希望裝飾。

朋友被我帶去參觀二樓「廢墟」時，都嚇一跳：「怎麼會把房子弄成這樣啊？連地板和牆面都沒有？」當然，我們看房子的時候，它並不是個廢墟，裝潢得其實還挺不錯的。房東也很阿沙力的對我們說：「你們看看要保

留什麼？我叫房客留給你們，不要的就叫他統統拆掉。」我們還曾經煞有介事的為需要保留的裝潢一一標記，花了整個下午的時間，雖然，保留下來的裝潢不見得很合用，但是，一切以「不要浪費」為原則，只好湊合了。過不了幾天，房東傳話說前任房客表示，如果我們要留下一些裝潢就要付費，若不付費，他們就要全部拆光光。「是全部都拆掉喔，拆光光喔！」房東再三強調。

既然勉強湊合，還要付費，感覺好像「更加浪費」。於是，我們同意他們拆光光的提議，沒想到還真是天地初開闢的光光啊。光得令人辛酸。

結束在九樓的課程最後一天，我對那些國小的孩子說，過完暑假，你們再回來的時候，我們就要搬新家囉。他們都很興奮，嚷嚷著要去看「新家」。可是，新家已經被拆得光光的，沒什麼好看的啦。孩子們按捺不住好奇，我只好請老師陪他們下去看一眼。「看一眼就上來喔。」我說：「那裡

什麼都沒有，很醜的！」
孩子們風一樣的下樓去了，當他們回來的時候，看起來卻是那麼雀躍，臉頰紅撲撲的：「好大喔！」「對啊！老師，新學堂好大！好讚耶！」「可以打籃球了！酷！」
在我眼中只是廢墟，在孩子的眼中卻是個球場，是個好讚好酷的地方。
那天放學之後，我到「球場」去散步，因為再過不久，這

裡要開始裝潢，會被隔間，再不能這樣任意穿梭行走了。黃昏的光芒柔和的透進來，我從這一頭，走到另一頭，走著走著，被一種溫存的情緒所包圍，彷彿就是在這一刻，我與這未來的小學堂，此刻的廢墟，孩子的球場，傾心愛戀了。

從六月到八月底，新學堂終於完工。搬家緩慢而持續的進行著，有著對於舊學堂的不捨，對於新學堂的未知。參與搬家工程的幾乎都是女生，大家費盡力氣卻沒有一點怨言，都是自動自發來幫忙的，她們臉頰上的汗滴在書箱上，汗水濡濕了整件衣裳仍不停止，一趟又一趟，就像螞蟻搬家，有段時間我覺得這工程好像永遠不會停止。直到那一天，九樓舊學堂搬空了，也清理乾淨，鎖上門，等著交還房東，我怔忡了半晌，不確定自己是什麼樣的情緒。鎖上的是一段歷史，一個舊夢，一種悲欣交集。

新學堂有一面赭紅色的主牆，充滿生命力與熱情，玄關桌上是一盆榕樹

盆栽，已經八歲了，欣欣向榮。兩邊各有一間教室，命名為「御風」和「翠微」。為了造成通透感，為了讓老師們隨時可以看見孩子們的活動，我們安裝了許多透明玻璃，孩子們喜歡把鼻子貼著玻璃往裡面張望，於是，他們離開之後，玻璃上留下無數的指痕與油脂，小學堂的老師便不厭其煩的用報紙將每片玻璃擦得光潔無痕。地板上的一點點髒污也要鏟除殆盡，當學生到來之前或離去之後，最常看見的景象，就是老師們匍匐在地板上，賣力的用小刷子刷個不停。

這樣的努力，當然是有回報的。頭一天開學，舊生重返小學堂，他睜著大眼睛骨碌碌的四處張望，一邊彎身脫鞋。「不用脫。」我們連忙阻止他。他抬起腳，看著光亮的木質地板，吶吶地：「這麼乾淨，捨不得踩下去啦……」有個孩子從遙遠的學校趕來，背著書包水壺叮叮噹噹的，已經遲到了，氣喘噓噓，兵荒馬亂中卻還趕著解鞋帶脫鞋。辛苦拖地的老師們，忍不

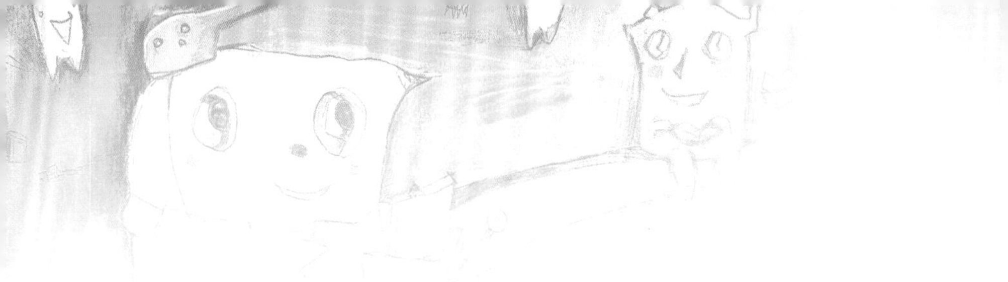

住要熱淚盈眶了。

新學堂裡的孩子迷上一種「衝過去」的遊戲，從這間教室門口「衝」向另一間教室門口，體驗著過去不可能感受到的速度感。看著我們一路「成長」，跟著我們搬來搬去的家長們，來到新學堂，置身在孩子跑來跑去的寬敞玄關，看著隨地坐臥遊戲的孩子，臉上也泛起欣

慰的笑容：「啊，老師們辛苦了，給孩子這麼好的空間，真是費心。」我發自內心的說：「過去真是委屈孩子了，我們一直想給他們大一點的空間，直到現在才實現心願，真是不好意思啊。」「老師別這麼說！」家長益發誠懇地：「以前的小學堂也很好，小是小一點，但是……但是很『整齊』。」

「整齊」，這兩個字有多大的包容與諒解啊。

下課的時候，我喜歡在某個角落裡觀察，有些女生並著肩在玄關散步，優雅的輕聲聊天；有些坐在沙發上盪著腿，不想起身；有些在公布欄前聚集，專心看張貼出來的佳作。教室裡有安靜下棋與觀棋不語的孩子；有伸長手臂去書架上取書來看的孩子；有剛剛吃完點心收拾垃圾的孩子，他們都有一種怡然自得的神情。

如果，這裡不曾是一個廢墟，又怎能感受到創造的神奇與美好？

諦聽，蝴蝶的琴音

我沿著榮星公園的步道，
往前走，卻不知去向。
被紅燈攔下，這才發現，
自己一步步接近的，正是小學堂。
原來，這些年來，我一直諦聽著蝴蝶的，
無聲的琴音，引領我向孩子走去，
去到他們之間，用動人的故事，
令他們著迷，陪他們一段成長的光陰。

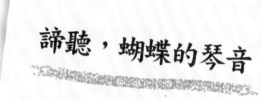

從告別式走出來，哭泣得太厲害的我的雙眼，失明似的，站在明晃晃的秋日晴朗陽光下，完全無法分辨方位。這陽光是新鮮的，宛如我四歲多那年，頭一次遇見今日遠行的這位老師，那時候的她，年輕得像春日的暖陽。

那時候的她，被一群幼稚園的孩子包圍著，溫柔的把食物分進每個孩子的餐盤裡。「來來來，不要急喔，每個人都有。」吃完點心之後，她坐在風琴前，帶領孩子高聲歌唱，她的臉上始終掛著親切的笑。剛剛搬到這個地區來，已經看了好多幼稚園，都不滿意的媽媽，把小小的我，交給她。她牽住我，安置我在座位上，我就那麼溫馴乖巧的坐下來，成為她的學生。

我唸小學的時候，她也調任為小學老師，二年級，我又成了她班上的一個孩子。那年頭一班有六、七十個學生，是很尋常的事，這個班級就有七十

幾個孩子，也許好多孩子都和我一樣，是父母特別安排由這位老師來教的。老師要照顧的孩子這麼多，她從來沒有疾言厲色，從來沒有生氣或是不耐煩的表情，孩子們並不是怕她，而是擔心她不喜歡自己。

老師有個特殊的鼓勵方式，在物資那樣缺乏的三十幾年前，她用蝴蝶獎勵我們。一隻隻美麗的彩色蝴蝶，是她自己用月曆紙剪成的，作文寫得好；考試有進步；乖巧又用功，都能得到一隻蝴蝶，蒐集到十隻蝴蝶，就可以換一枝鉛筆。而我那麼喜歡蝴蝶，牠們大小不同，在牠們身上，可以看見湖水和瀑布；雲海與彩虹；鬱金香與日本庭園，那些月曆紙的花樣，給我好多想像的空間。每隻蝴蝶都能帶給我，一段小小的旅行。我把牠們整整齊齊壓在鉛筆盒裡面，就算已經蒐集了十隻蝴蝶，也捨不得換成鉛筆。

像蝴蝶一樣輕盈的老師，後來認了我作乾女兒，我不再喚她老師，而喚她乾媽，她是我的另一個母親。乾媽的家裡面，有好些孩子在學鋼琴，我是

免費的那一個。我很羨慕乾媽可以把這麼多的樂曲彈奏得這麼好聽；我也希望自己成為一個會彈鋼琴的，有氣質的女孩，可惜，我一直沒能從那裡面獲得樂趣和成就感。好幾次我中斷了學習，然後又再接續，彷彿是在與自己抗爭著，鬧著彆扭。乾媽從來不問，我來了，她就耐心的教導；我逃了，她也不追逐。進入青春期的我，性格憂鬱、自閉，成績一落千丈，高中聯考時連邊都摸不到，灰頭土臉去唸了個五專，成為週遭親友奚落的對象。可是，我不明白，為什麼乾媽和乾爸從不嫌棄我？他們都是學校的老師，我不是應該要優秀些？替他們爭點光彩的嗎？

那年夏天，我和乾媽一起去陪考，陪我的弟弟和乾弟弟考高中，這兩個孩子的成績當然都比我好。乾媽遇見一個同事，聊著聊著，發現了站在一旁的我。雖然我已經儘量把自己縮在角落裡，還是被注意到了。那位同事問了我和乾媽的關係之後，又問我唸哪一間學校，我那麼困難的才能把自己的

學校說出來。同時，看見那個陌生人臉上掠過不可置信與輕蔑的表情，這其實是我很熟悉的表情了，可是，那一刻，或許因為乾媽的緣故，我的羞辱更勝往昔。我覺得自己的存在太多餘，只是讓所有愛我的人受傷害。如果，我可以從這個世界消失，那該有多好！忽然，我感覺到手臂被牽住，是乾媽，她挽我坐在身邊，從容篤定的對她的同事說：「我乾女兒是個很好的孩子喔。」

很好的孩子？我並沒有感覺到自己有什麼「好處」，只是訝異，平常並不輕易表露情緒的乾媽，那個發自內心的護衛。在那個炎熱的，隨時可能被燎燒得遍體鱗傷的夏天，她為我做了一個冰涼的盾。

後來，我確實比從前優秀些；為她爭得些光彩，只是，當她病重，才發現這些事對她是一點幫助也沒有的。她原本嬌小的身形，坐在椅子上，像個小小的孩童。做過化療之後，她常常用絲巾裹住頭，露出光潔的臉孔，也是

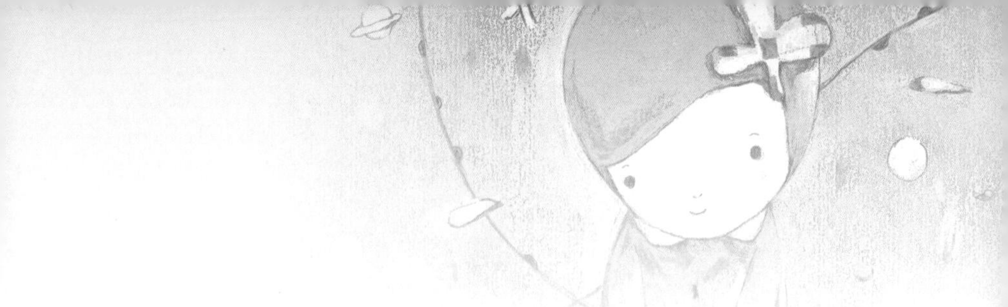

個小孩子的天真神色，還是重視穿著打扮，就像我初初見到的那位老師，漂漂亮亮的樣子。

依照教會的儀式，送乾媽的時候既不磕頭，也不撚香，只拿一朵白玫瑰，輕輕放在她的腳前，她真的就像是睡著了。我執著的向她深深鞠了三個躬：謝謝妳的蝴蝶；謝謝妳的琴聲；謝謝妳的溫柔微笑；謝謝妳一直當我是個好孩子；謝謝妳無條件的成為我的另一個母親。

我沿著榮星公園的步道，往前走，卻不知去向。

被紅燈攔下，這才發現，自己一步步接近的，正是小學堂。原來，這些年來，我一直諦聽著蝴蝶的，無聲的琴音，引領我向孩子走去，去到他們之間，用動人的故事，令他們著迷，陪他們一段成長的光陰。

好幾次，帶著疲憊的心靈與身軀，推開小學堂的玻璃門，孩子們呼喊著：「曼娟老師！」他們向我衝過來：「妳終於來了！」毫不猶豫地，幾個

女孩緊緊的摟抱住我的腰，那麼強烈的想念；那麼直接的熱情；那麼實在的擁抱。進入成人世界已經好久好久，所有情感的表達都這樣迂迴曲折，我早已經忘掉，人與人之間，可以如此赤裸真實的，付出與接受。那一刻，我靈魂的硬繭粗殼，碎裂脫落了，變得無比柔軟潔淨。

原來，這一切都是有緣故的。

我的淚，終於停住了。

他們走過的路

在小學堂，最常見到的景象，
就是一長列的孩子，排著隊背書給老師聽。
並沒有人強迫他們，他們都是自動自發的。
有個老師來小學堂看見這場面，
讚歎地說：「我看這裡是有些魔力的喔。」
小學堂真是個有魔力的地方嗎？
它的魔力在哪裡呢？其實，我也不明白。

子弟背書爛熟，如瓶中瀉水，不亦快哉！

——金聖嘆

星期天的午後，孩子們進入小學堂之前，老師習慣性的把一整排窗簾放下來，免得陽光照進教室，干擾了學習。垂放窗簾的老師忽然停下動作，並且將我喚過去，指引我看窗外。從二樓正好看見停車場，背著小學堂帆布包的小男孩，剛從媽媽的機車上下來，媽媽一邊收拾著安全帽，一邊教孩子背書給她聽。孩子背得並不順暢，媽媽常會打斷孩子，讓他重新再背。孩子有時顯出苦惱的神情，他的腳在地上頓著，思索著，手上的書本一會兒舉起來，一會兒放下

去。媽媽有時候點頭；有時候搖頭，行人穿梭來往，捷運車行走在軌道上的音響，彷彿是一種和聲。我們張望著，久久地，捨不得放下窗簾。

每一次，孩子從小學堂回家，帶走的功課，就是背一、兩首詩，和一小段古文。當然都是在充分講解之後，才讓他們背誦的。我相信，理解之後的背誦，對孩子是有益的。曾經有家長為孩子說項：「我們是覺得小孩子想背就背，不用強迫他硬背啦。」「強迫他們背，當然是沒有意義的。可是，這個年齡是記憶力最好的時候，他們背廣告詞、背流行歌、背冷笑話，如果能讓他們順便背點好東西，不也挺好的？」我不是一個很好的說服者，可是，這麼一說，家長多半都欣然同意了。

我私底下對上課的老師們說，孩子如果真的不想背，絕不要勉強他們，每個孩子自有專長與喜好。我們只是給他們一點引導與陪伴，可不想帶給他們挫敗或反感。

但是，在小學堂，最常見到的景象，就是一長列的孩子，排著隊背書給老師聽。並沒有人強迫他們，他們都是自動自發的。

有個老師來小學堂看見這場面，讚歎地說：「我看這裡是有些魔力的喔。」

小學堂真是個有魔力的地方嗎？它的魔力在哪裡呢？其實，我也不明白。

那個五年級的孩子成智，每個星期三要從遙遠的位於新店山上的學校，搭一段公車下山，再搭淡水線捷運到台北車站，接著轉乘板南線到忠孝復興站，再轉木柵線到中山國中站。這樣的長途跋涉，使他總無法準時出現，但他還是堅持來上課，媽媽捨不得他的奔波，卻勸不退他執著的心意。

有一回，上課時有個學生一直耍嘴皮摺冷笑話，讓我有些無力感。放學之後，一邊打掃一邊跟其他的老師聊天，我有點自暴自棄：「那麼用心好像也

沒什麼用，他們要的似乎只是笑話擂台呢。」

「老師！妳別這麼想。他一個人並不能代表所有的人啊！」說這話的是在一旁閱讀著，等待家長來接的成智。他放下手中的書，神情認真的注視著我：「我覺得我有很多收穫，而且我也很專心聽妳上課。」我一時之間說不出話，只覺得慚愧，為什麼我是這麼容易灰心的老師呢？而他的溫柔與堅定安慰了我，也鼓勵了我。我向他道謝，發自內心的真誠。

從此之後，我搭乘木柵線、板南線與淡水線，隨著擁擠的人群上上下下，再也不覺得冗長無聊了，我想到這是成智行走過的通道，坐過的車廂，他背著沉重的書包，提著小學堂帆布袋，餓著肚子，一步步朝小學堂走來。

另一個更小的孩子恩恩是夏令營的學生，他剛來的時候，會在課堂上嚷嚷著，說些頑皮搗亂的話。但，這並不是最大的問題，上課途中忽然站起來，才是意料之外的狀況。他站著，不想坐下來。有一種什麼樣的躁動，使

他無法安靜的坐在位子上。他的媽媽說：「我沒有太多期望，只要他能好好獃在這裡聽課，就很好了。」我知道，這是我的課題。上秋光營時當他胡亂嚷嚷，我裝作沒聽見，根本不予回應，而當他正確回答問題的時候，便望著他微笑，讚許他好棒。他像是觸到一扇正確的門把那樣，開了門，登堂入室，專心認真的聽課與作答。他有時仍會起立聽課，我讓他站一會兒，並不刻意的走到他身邊，輕輕按他的肩，對他笑一笑，他便意會，立刻坐下了，彷彿這也是我們的默契。

背書，開始他並不熱衷，那一回，我聽他背完書，問他：「你背了很久吧？」「沒有啊！我一下就背好了！」「我不信！一下就好？」「對啊，我來了才背的啊。」「真的？」我露出訝異的表情：「你背得這麼快？這麼厲害？下一次，你可以試試看，在家裡能不能背這麼快啊？」恩恩沒回答我，轉身跑開了。後來，每一次他進小學堂，就找老師背書，背得又熟又快。有時候卡住，就會急躁的搥牆壁，懊惱地喊：「為什麼我想不起來？」老師們說，聽恩恩背書，是最刺激的經驗。而我知道，那小小的躁動，像個火種，仍在他身體裡面燃燒著。

秋天的課程將要結束，那一天下課，我放下書本、講義、麥克風，走出教室。恩恩忽然從後面追上我，喊著：「曼娟老師，妳的書。」他用雙手捧著我的書，交到我的手上。原來，他也是這麼注意著我，觀察到我是個丟三落四的人，總是四面八方的找我的筆和書。迷糊的老師啊，又把她的書給忘了，還好我幫她看著呢。他是這麼想的嗎？恩恩送上書，又轉身跑開了，但我站著，卻好一會兒不知道該到哪裡去。

我站在門口等待停車場背書的孩子，他跑著進來，看見我便說：「老師！我都背好了。」「有沒有很熟啊？」「非常熟了！」他的書包來不及放下，便朗朗地背誦起來，我在他面前坐下，好整以暇的聆聽，我知道他已經背得很熟了。

我看見他走過的路；看見他們走過的路；我不知道這道路將把他們帶到哪裡去？但我知道，沿途有美好的風景，也是我經歷過的。

那一夜，
我們司馬遷

少年們神色都很莊嚴，
像是明白了，並不是做每件事都能成功的。
不能成功的事，有時候為了某些原因，
也值得堅持。
這種執著近於瘋狂，有著震動人心的力量。

每個梯次的課程結束時，我們會和小學堂的學生討論，令他們印象最深刻的課程。「我最喜歡的作家是司馬遷，讀他的鴻門宴，有一種喘不過氣來的感覺。」念少年班的國一女生，講起這個經歷和感受，臉頰紅撲撲的，彷彿她是酒宴上的守衛，樊噲從她身邊衝撞而過，直接闖入項羽的營帳中，她的心臟還卜卜的躍動著。

常有人問，國小五、六年級的孩子，在小學堂念些什麼？我告訴他們，孔子、孟子、老子、莊子、韓非子……聽見的人，包括家長，都要皺眉頭：「這些對小孩子來說，會不會太難了啊？」即使是至聖至賢的人，也都說過最簡單明確的道理，小孩子也能知解明白的。所以，我們念的是選文，而不是全部的篇章。讓孩子先感覺這些古人說的故事挺有趣，講的道理也實用，他們自然就會把古人當朋友，做了朋友，免不了要常常探望，自然會受益良多了。

到了少年班，我們選出《史記》的〈項羽本紀〉給國中生念，並且講解了幾位關鍵人物的生平，像是漢武帝、李廣、李陵和司馬遷。這些人物對他們來說並不熟悉，連平日看來總是睏倦無神的孩子，也睜大了眼睛聆聽。聽見小小的漢武帝劉徹對姑母說，若是能得美麗的阿嬌為妻，就要築一幢黃金

的房子，把她藏起來，情竇初開的他們便悄悄的微笑起來了。並且提起筆，記下「金屋藏嬌」四字成語。

當我說到李廣拉滿弓，朝著老虎射去，長箭卻深深地插入了石塊中，他們忍不住吟出兩句詩：「但使龍城飛將在，不教胡馬渡

陰山！」氣勢磅礴地。當我講到李廣的孫子李陵，彈盡援絕，被困在山谷中，匈奴源源不絕，層層包圍了他們，沒有糧食，只能喝馬尿；沒有箭矢，只好從同袍的屍身上拔出箭來再射。那個彷彿永遠不會天亮的黑夜裡，到最後的時刻，所有的箭都射得精光，山谷中卻仍聽見漢軍嘶聲厲吼，聽見彈空弓的聲音，他們何嘗不知道這場戰役已經一敗塗地？只是，他們不能停止，不願停止……

一片沉寂，久久的靜默中，一個少年自言自語的說：「他們已經瘋了。」

這句話為的不是引起譁笑，也沒有引起任何譁笑，少年們神色都很莊嚴，像是明白了，並不是做每件事都能成功的，不能成功的事，有時候為了某些原因，也值得堅持。這種執著近於瘋狂，有著震動人心的力量。

然後，我們講到那個年輕的史官司馬遷，他有著嚴整而完備的訓練，有

著平坦而光明的前途，只要好好的做完紀實的工作，就大功告成了。以他的才情與志向，歷史與文學史中，可能也會有一席之地，但，他在不恰當的時候說了不恰當的話，他的命運大逆轉，也轉到了歷史與文學史上最為璀璨的位置。

漢武帝為了李陵兵敗卻不死，大為震怒，將李陵一家滿門抄斬。文武百官都知道漢武帝過分殘暴了，卻沒人敢替李陵求情。司馬遷與李陵談不上深厚交情，沒必要為他兩肋插刀的，卻直言勸諫武帝，差點惹上殺身之禍，後來身受腐刑，才得以苟活偷生，完成《史記》的著作。

「大家都不說話，他也可以不說話的。可是，他還是忍不住說了，他難道不知道說了話會惹禍上身？他難道是為了讓點頭之交的李陵感謝他？他難道是想留下一個仗義執言的好名聲？都不是的，他只是為自己說話，為真理說話，他非說不可。」

「老師！如果是妳呢？」那個常常在班上搞笑的男生，忽然出聲了：

「如果妳是司馬遷，妳會這樣做嗎？」這一次，他問得很認真，身體微微前傾，雙眼透過鏡片，專注的凝視著我，等待我的回答。

有那麼一刻，我的胸中被澎湃的情緒鼓動著，無法說話。

我想到過去乃至於現在，我在工作與生活中，曾經做過的許多事，說過的許多話，不是為了自己，而是為了別人。

在許多「聰明人」眼中看來，這都是些「傻事」與「傻話」，是徒勞的，只是把自己放在難堪的處境中，毫無好處。我並不是不明白，知道隨波逐流可以更省力；知道虛與委蛇可以獲得更多的利益，但，我到底是怎麼了？我為什麼總在最後關頭走上那條孤獨、

黑暗的道路呢？

原來，那條路其實並不孤獨，我感到了許許多多司馬遷的陪伴，他們的雙眼炯炯燃燒，召喚著我，使我無所畏懼。

「我想，我會這樣做的。像司馬遷一樣，做應當做的事。」我發自內心的回答。

少年們原本有些緊繃的身體放鬆了，氣氛也漸漸活絡起來，我想，他們可能得到了一些安慰。

而我自己，也在瞬間感到安心。

經歷了這麼多事，這麼多歲月裡的波折，曾經受過打擊傷害，曾經感到萬念俱灰。

結果，我一點也沒有變聰明，我還是原來的我，這樣就好。

這樣真好。

給她一巴掌

這是國中時候發生的事，
我只打了自己一巴掌，
就有強烈的，想要尋死的念頭。
這麼多年過去，不知道為什麼，
還是會夢見這樣真實的場景，
而在夢中，我那麼果決癲狂的，
掌摑著自己，無法停止。

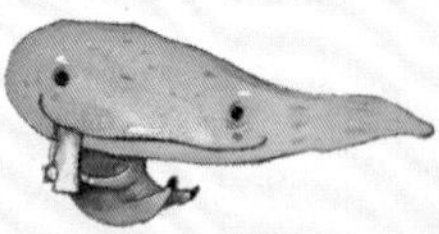

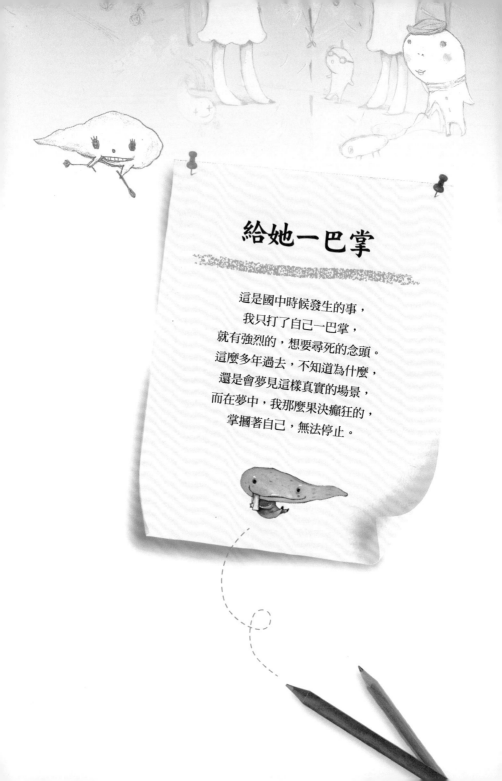

我聽見自己的名字被叫喚，感到虛脫無力，硬撐著站起來，歷史老師問了一個問題：「英法聯軍發生在西元哪一年？」我絕望地咬住下唇，答不出來，不敢注視老師凌厲的眼神。「用力的，打自己一巴掌！」老師下令，我被痛苦迅速裹捲起來。從小到大，並不是沒接受過體罰，但，父母親從來不掌摑我們的臉，他們說：「罵人不揭短，打人不打臉。」在我的家庭裡，打耳光是一種羞辱。「趕快打，不要耽誤大家的時間。」老師的喝斥聲傳來，有些同學低下頭，更多人轉頭注視我，我用力揚起手，狠狠地，掌摑自己的臉。一次，又一次，再一次，我停不下來……聽不見，我聽不見，用力，再用力一點……然後，我從噩夢中驚醒，臉頰原本應該是熱辣辣地，卻異常冰冷，我的淚，從夢中流啊流的，浸濕了我的枕頭。

這是國中時候發生的事，我只打了自己一巴掌，就有強烈的，想要尋死的念頭。這麼多年過去，不知道為什麼，還是會夢見這樣真實的場景，而在夢中，我那麼果決瘋狂的，掌摑著自己，無法停止。

少年時非常沒有自信，一點風吹草動便會引來惶惑與驚疑，何況是這樣的體罰？我後來體諒了，也能明白，在升學主義掛帥的那個年代，老師的嚴格與體罰，都是用心良苦，只是求好心切。我也對於這件事竟能造成這樣的創傷感到詫異，原來我們可以這麼堅強，也可能如此脆弱。

一直記著這件事，提醒我在面對孩子的時候，要更謹慎，也更包容。

星期天早晨，有一群國中生來到小學堂，他們為基測做最後衝刺，卻還願意把時間花在國語文和寫作上，其實是讓我很感動的。這群孩子看起來，更像大人，尤其是女孩子，如果混在我的大學生之中，恐怕很難分辨真實年

齡了。背著帆布包來到小學堂，大多數的他們都顯得疲憊，有幾個甚至根本就是被父母親押著來的，十分不情願。

看見那個叫小曼的女孩，我知道她就是屬於非常不情願的那一種，讀著她的作文，更印證了我的想法。如此「缺乏訓練」的文字和邏輯，可以想像寫作文帶給她的痛苦和打擊，肯定不少。

星期天早晨九點上課，老師們八點半之前就會到達小學堂，用滿滿的朝氣和笑意迎接學生：「早啊！吃過早餐沒？」差不多是候選人與民眾握手拜票的那種熱情。大部分的學生都會回應我們的招呼，比較羞澀的也會微笑一秒鐘。只有小曼，她是從不回應的。「小曼早安！」沒回應。「吃過了沒？」沒回應。「知道今天坐在哪裡嗎？」沒回應。她的身體和臉孔都是一致的緊繃，擺出來的態勢就是「我不理人，人不理我。」或許因為她的名字裡與我相同的「曼」字，或許從她身上看見我的年少，不是孤

傲，而是自卑混合著驚慌。每個星期相見，我依然熱烈與她打招呼，她依然視而不見，全無回應。

那一天，八點半剛過，小曼就進了小學堂，當我迎上前去準備熱情打招呼，她忽然開口了。（天啊！她竟然對我說話呢。）

「我們是幾點上課？」她問。

「九點。」

她疑惑的望向空盪盪的教室：「不是……八點半嗎？」

「是九點。今天來得很早喔，」我跟在她身後：「吃過早餐沒？」沒回應。「今天起得很早喔？」照例沒回應。「喂！」我衝進辦公室，很興奮的對同事說：「小曼今天跟我說話了。」「是喔？」忙著準備上課的同事們很能意會的對我說：「真的恭喜耶。」

我的沾沾自喜很快的被一通電話打斷了。是小曼的媽媽打來的，她很

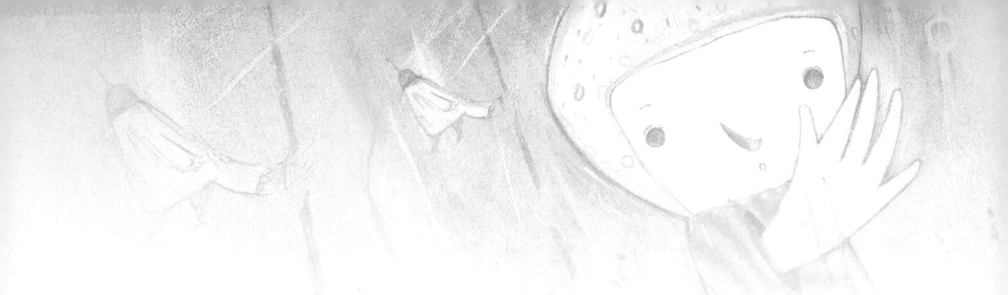

緊張的問老師，小曼到小學堂沒有？老師確認小曼到了教室之後，媽媽鬆了一口氣，接著，就以很嚴肅認真的口吻問：「老師，我可以拜託妳一件事嗎？」「好的，請說。」接電話的老師有禮貌又有熱忱。

「請妳，幫我給她一巴掌！」媽媽的聲音裡，有著強抑的憤怒。

這要求太不尋常了。我們遇見過家長許多拜託，拜託我們為孩子增加信心的；盯著孩子按時吃藥的；在作文上多鼓勵他的；幫孩子開書單的，林林總總。卻沒想過有一天，家長會拜託我們給孩子一巴掌。

媽媽也是滿腹委屈的，孩子記錯了上課時間，卻誤以為家裡的人都不管她，也不想送她來上課，一腔怒火，便誰也沒告知的跑出了家門。這一場負氣失蹤記，搞得全家人仰馬翻。並且，根據媽媽的說法，像這樣的事，已經不是頭一次發生了，每次都令父母親既擔心又生氣。媽媽愈講愈上火：「沒有關係，老師！妳可以幫我打她兩巴掌！我真的很生氣。」安

撫完很生氣的家長，老師掛上電話，對我說明了整件事。

給她一巴掌。這是家長的鄭重拜託，我們怎麼能夠辜負這樣的信任和付託呢？

我於是大踏步的走進教室，筆直的來到小曼面前，蹲下我的身子（唉喲，我的膝蓋……），對她說：「媽媽剛剛打電話來，她非常擔心妳啊！」

「誰叫他們都不管我？也不送我來上課！」她整張臉皺在一起，生氣又不馴的。我完全可以體會她媽媽的那種沮喪和憤怒。

我揚起我的手，將我的巴掌，輕輕地，拍拂在她的背上。溫柔地，像拍拂一個嬰兒似的，對她說：「媽媽是要送妳來上課的啊，是妳出門太早了

嘛。而且，妳也沒跟家人說妳要出門，他們好擔心妳啊。媽媽緊張得不得了，妳看，如果不是因為很愛妳，怎麼會這麼緊張，這麼擔心呢？」小曼沒有躲開我的巴掌，也沒有說話，只是嘟著嘴，很不開心。「老師知道這麼早起來上課，是很辛苦的，為了對自己有幫助，就得吃一點苦。爸爸媽媽為我們做這麼多事，也好辛苦，除了家人，誰願意這樣為妳付出呢？大家互相體諒一下，不就好了？」

我的巴掌，從她的背，移到她的手上：「今天回家，好好跟媽媽講，說聲抱歉，告訴媽媽，以後不會這樣了。嗯？」

「嗯。」她從喉嚨裡卡出一聲回應。

一個月之後，課程快要結束時，我發現小曼竟然去找教作文的老師說話。因為即將基測，她無法再來小學堂上課，而她的作文一直都只拿三級分的，最近竟然拿到五級分，她感到神奇，卻也更患得患失，該怎麼繼續保持

五級分呢？這個沒有回應的孩子，產生了信心與希望，她主動來找老師，探問自己的前程。

最後一堂課，忙著與學生話別，等到大家都散了，有個老師遞給我一張小小的卡片，神秘的說：「是小曼要給妳的。」「給我的？」我竟然忘了伸手去接。「小曼交代，一定要拿給曼娟老師喔。」

「TO：曼Teacher」，信封套上這麼寫。彷彿這是一個少年小曼，寫給中年小曼的訊息。「很高興認識您。之前就對您很崇拜，所以，來上您的課我是百分之百的很放心。希望以後還能再相遇。」底下簽了她自己的名字，再加上一行小字「您的學生」。我的鼻頭忽然酸澀起來，卻又忍不住想笑。

「哇！不簡單啊，小曼的卡片。妳到底做了什麼事？」同事在一旁好奇的問。

我並沒做什麼特別的事，我只是遵照小曼媽媽的重託，給她一巴掌。
我給了她一巴掌，輕輕地，而且，不在臉上。

小猴小猴，今日看我

在小學堂，我最喜歡的角落，
其實是小猴公布欄。
我喜歡下課鈴聲響起，孩子們並排在公布欄前，
專注地，饒有興味的閱讀著那些佳作；
我喜歡他們立下志願要登上公布欄的決心。
我最喜歡的是，
當他們發現自己的作品被公布的那一刻，
臉頰瞬間點燃，
沉默的呼嘯著：「今日看我！」

星期六的下午，正在上第一堂課，中級班的昊子從教室走出來，蒼白著臉，進辦公室對主任說：「我身體不舒服。」主任和老師們連忙讓他坐下，試試他的體溫，幫他做了一些舒緩按摩，一邊安頓他在沙發上躺著休息，一邊打電話給家長。昊子是個很懂事的孩子，常在放學後主動幫老師打掃教室，擦拭桌面的模樣好認真。

我曾和孩子們討論友愛兄弟姊妹的重要性，別的孩子故意說一些頑皮的話，像是：「打罵他們就是友愛的方式」；「我最討厭我姊了，她是全天下最兇的女生」；「我希望我妹妹可以從地球上消失」……昊子舉起手來，在喧嘩聲中，緩慢但是堅定的說：「我愛我妹妹。如果我有弟弟，我也會愛他的。他們比我們小，我們本來就應該要照顧他們、保護他們的。」

我止住孩子們的吵嚷：「安靜喔，我們聽聽昊子怎麼說。老師覺得他說得很好。」大家都安靜下來，好奇的看著昊子。

「昊子是怎麼照顧妹妹的呢？」我又問。

「我會唸故事書給妹妹聽，有的字她不認識，我就教她。如果我吃到好吃的點心，也會帶回家，分給她吃。」昊子粉紅的團團臉，盈盈光亮，提到妹妹，就像是宇宙間一顆只有他能看見的星星，那樣掩不住的喜悅。

「如果妹妹搶走你心愛的東西呢？」有個男生問。

「那就讓給她啊，有什麼關係？她是妹妹嘛。」昊子回答得理所當然。

這樣可愛的昊子，那麼痛苦的表情，令我們好焦慮。

他說，吃午飯的時候就覺得不舒服了，但還是想來上課，坐下來之後，愈來愈難以忍受。昊子的媽媽終於來了，他終於可以去看醫生了，我們懸著的一顆心慢慢放下。然而，昊子牽著媽媽走到公布欄前面，停了下來，他虛弱的對媽媽說：「妳看我的作文！今天是我，我的被選出來了。」

昊子的作文寫得又多又快，他常常疑惑的問：「為什麼我沒有被選上？」老師們總是對他說：「你寫得快，也寫得多，但是，老師覺得你可以寫得更好。」

今天，他終於被選出來，張貼在榮譽的公布欄上。雖然他生病了，虛弱得只能靠著牆壁，但，他那麼想和媽媽分享這快樂的時刻。

於是，媽媽看著昊子張貼出來的作文，靠著牆的昊子看著翻閱作文的媽媽，而我們被感動充滿，看著這永難忘懷的畫面。

小猴公布欄，是小學堂裡最受矚目的角落。

它原是一方黑板，用來公布每一班選出的每週佳作。這些佳作不見得是最傑出優秀的，也有最具創意和進步最多的。下課的時候，大家便聚集在公布欄前閱讀著一篇篇好作品。後來，酷愛小猴的樺老師帶來了她個人珍藏的磁鐵小猴兩隻，手腳可以吸附在黑板上，軟軟的身體可以任意彎曲，看守著公布欄，也成為孩子好作品的見證。

當作文沒有貼上來的時候，孩子們隨意擺弄著小猴，讓他們相親相愛的挽著手；讓他們背對著背，互不理睬，公布欄也是小猴的舞台，上演一齣齣悲歡離合的戲。

有好幾次，我看見放學之後下樓去的孩子，不一會兒又拉著爸爸或是媽媽重回小學堂，欣賞自己被公布的作文。他們受到鼓勵之後，便對創作有更多的熱情與信心。子瑞是個很活潑的男生，上課時常常被老師叫喚提點，才

能專心。他寫作文有股瀟灑勁兒，彷彿在寫草書，畫完了就算完事了。應付的成分多，沒辦法安下心來好好的寫。然而，就有那麼一次，他的創作被貼上小猴公布欄了。「哇！子瑞，真是厲害啊！你這篇寫得很好啊。」每個老師都誇獎他，他的臉上出現了從沒見過的靦腆和羞澀，那一天，他安靜專心到我們幾乎以為他沒來上課呢。

放學後，他把媽媽帶到公布欄前，自己卻跑得遠遠地，好像滿不在乎的樣子。

但，他真的在乎了。

他的書包裡裝了各式廣告宣傳文案，只要與作文題目有一點關連，就拿出來抄句子。老師看見了，走過去問他：「子瑞，你在做什麼啊？」

旁邊的同學嚷嚷：「子瑞在抄襲！」

子瑞並不在意，他飛快的抄著，嘴裡一邊還說：「再讓我抄一句就好了

啦！」

我走過去，彎下身子，對他說：「這些句子寫得很好，但不是你自己寫的，如果你不能改變人家的句子，成為你自己的，那麼，你抄再多也沒有用。而且，以後就算是你自己寫出了很好的句子，別人也以為是你抄的，不相信是你寫的，那不是很慘？」

他驀地停下筆，那雙極聰明的眼睛，對上我的眼睛。我看見他的領會像火光閃了閃，然後，他拿出橡皮擦，把剛剛抄好的字句，全部擦掉。

「我知道你可以寫出好東西來的。」我直起身子：「我在公布欄上看過的啊。」

我知道他會愈寫愈好，因為他就是想更好，才會去抄那些好句子的。他已經有了變得更好的渴望，這才是最重要的。

從我創立小學堂那一天，就聽見過這樣的質疑：「作家只是自己會寫文

章而已，並不一定能教寫作。」又或者是：「能教大學的人不一定能教小學生啊。」這些說法使我更謙卑，也更躍躍欲試。非常幸運地，還是有這麼多家長願意將孩子送來這裡，讓我和我的老師們試試看。

花蓮來的日新頭一次出現在班上，就吸引了我的注意。在我介紹同學時，說明了他由媽媽每星期從花蓮送來，現場旁聽的家長立刻響起熱烈掌聲。連續十三個星期啊，趕火車或是搭飛機送日新來上課的媽媽，真是意志力堅強的女人。但是，他真正引起我注意的並不是遠道而來，而是講課過程中，他充滿詢問的熱情，不時舉手發問。這舉動令媽媽很不好意思，她對我說：「日新跟一般孩子不太一樣，他比較活在自己的世界裡。」媽媽離開之後，我看見日新自己一個人躲在教室的角落，喃喃自語。我走過去，輕輕地，環住他，像半個擁抱的姿勢。只有半個，是讓他隨時可以掙脫離開，但他並沒有。我靠得更近，聽見他的背誦：「山不在高，有仙則名。水不在

深，有龍則靈。斯是陋室，惟吾德馨……」「劉禹錫，陋室銘。」我脫口而出，他停下來，重背另一篇。「白居易，琵琶行。」賓果！我又答對了。他抬起眼睛，望了我一下，繼續下一篇，我就這麼圈著他，直到上課鐘聲響起。在日新媽媽所謂的「自己的世界」裡，原來有這麼多古人和好文章作伴，那麼，他並不真的是自己一個人啊。這想法令我安慰。

然而，連續兩個星期讀完他的作文，我和上作文課的盈老師真的是既困惑又沮喪了，支離破碎的字句，無法銜接的思緒，像一個迷途在濃霧森林中的孩子。

日新的媽媽不得不向我們透露了另一個真相：「日新其實是有ㄕ ㄒㄧㄝˇ症的孩子。」失血？他什麼地方失血？我的心狠狠抽搐，內臟都在收縮。睜大眼睛看著面前的這個媽媽，片刻之後，才能真正理解，不是失血，是「失寫症」。許多事情都更明白了，媽媽這麼辛苦而堅持的送他來，是想要試試

看啊。但，我們都不是心理學或特殊教育的研究者，憑什麼幫助他呢？又能為日新做些什麼呢？我們確實不能為他做什麼。我們甚至忘記他有「失寫症」，也忘記他遠從花蓮來，只是一起讀、一起唱、一起遊戲、一起創作，耐心的為他修改字句，陪著他一筆一劃的寫下每一個字。

「很久以前，動物是人類重要的交通工具，大家倚賴牠們。有些動物會因為人們供奉祭祀而被迫死亡，但是，到現在牠們還是不離不棄地做我們的好朋友。」小學堂十三次課程接近尾聲時，我站在小猴公布欄前，讀著日新這篇被選上的作文〈動物與我〉。他在最末一段寫著：「其實人類也算是動物的一種，所以傷害動物也等於傷害自己。因此當你在傷害動物之前，應該要設身處地的為牠們想一想，不要輕易讓牠們受傷。我覺得大家要愛護動物，以領養代替購買，既然愛牠，就永遠不要拋棄牠。」沒有華麗的修辭或技巧，可是，他能夠清晰完整的把自己的想法表達出來，已經跨出了好大的

一步，在小猴公布欄前，我感激的望向盈老師，我們真的努力過。不是作家或者大學教授，而是孩子的守護者。這才是他們需要的吧。

在小學堂，我最喜歡的角落，其實也是小猴公布欄。我喜歡下課鈴聲響起，孩子們並排在公布欄前，專注地，饒有興味的閱讀著那些佳作；我喜歡他們立下志願要登上公布欄的決心；我喜歡他們盯著公布欄的時候，微笑的小猴也盯著他們看。

我最喜歡的是，當他們發現自己的作品被公布的那一刻，臉頰瞬間點燃，沉默的呼嘯著：「今日看我！」

辣妹處處香

孩子們很安靜，
他們眼中的頑皮促狹消失了，
事實上，他們顯得太沉默了。
這沉默使我確信，
他們對這首詩能夠感同身受。
「采之欲遺誰？所思在遠道。」
有時候，我情願他們還不理解這樣的情緒，
有時候，我情願他們永遠那麼興高采烈的唱著
「辣妹處處香」。

幾年前畢業的一個學生，各方面表現都很優秀，如願的考進了台北新成立不久的一所國中，擔任教職。學校是嶄新的，軟硬體設備都很頂尖，學生也不是尋常人家的孩子，家長更是大有來頭。最辛苦的當然就是做老師的，嘗盡了「動輒得咎」的滋味。家長到學校來，常常是不可一世的樣子：「你就看著辦吧。如果我有什麼意見的話，我會直接去跟校長說的！」老師聽得目瞪口獃，心裡吶喊著：「去跟校長說之前，總可以知會我一下吧！」

學生上課狀況百出，老師屢勸無效，終於打電話給家長，儘量平和，不帶情緒的說：「孩子在學校的學習狀況，想跟家長討論一下……」家長馬上穿上防彈衣，舉起砲彈，一陣掃射：「什麼『狀況』？我的孩子會有什麼狀況？你

知不知道我和我先生都是高級知識份子？&%$@！～&>m@……（豐功偉業的部分省略）你去打聽一下，我們都是社會菁英，我們生的孩子會有什麼問題？如果有問題的話，那也是老師的問題，是學校的問題！你們真的應該要好好檢討，我們做家長的是因為對你們學校有期待，才會送孩子來念書的，要不然乾脆就去念私立的就好了啊！」

敘述著這些故事的年輕老師，我那已經畢業的學生，滿臉的無可奈何。我嘆了一口氣，不知道該說什麼。

「也有滿客氣的家長啦！」年輕老師的語氣轉為樂觀開朗：「有家長打電話給我說，『聽說你是張曼娟的學生啊？那我應該可以很放心囉！』」聽到這樣的「客氣話」，我渾身緊繃起來，壓力好沉重啊！

於是，我們換了一個話題，談到這些「社會菁英」下一代的語文程度。

年輕老師說，他有一次跟七年級的孩子們搏感情，說自己將會陪伴著他們直到畢業；說他們剛進國中時像小孩子一樣，老師把屎把尿的把他們帶大……突然，台下的孩子們交頭接耳，呈現出迷惘的表情，老師不得不停下他的感性宣言，想知道發生了什麼事？

「老師啊！」學生舉手，很認真的發問了：「什麼叫做『把屎把尿』啊？」

他們聽不懂「把屎把尿」四個字，完全枉費了老師的真情告白。想到

滿懷熱情的老師僵在台上，解釋著「把屎把尿」的這段無厘頭場面，我笑得差點抽筋，可是，一邊笑著，卻也感到從腳底升起的寒意。年輕老師看到我笑得眼淚都快流出來了，立刻加碼，再來一則真實案例，學生做生物考卷，看見題目說的是一棵果樹上「結實累累」，學生又迷惘了：「老師！『結實累累』到底是很多果實，還是沒有果實啊？」生物老師到國文老師桌上摔考卷，如同困獸一般的低吼：「救救我們的幼苗吧！這樣下去怎麼辦啊？我好像在教外國人！」

「在小學堂裡，小朋友的語文能力應該比較好吧？」年輕老師問。

老實說，真的有一些挺不錯的，可是，大多數還是頗有進步空間的。也有很多時候，是讓人啼笑皆非的。

我在課堂上教四、五年級的孩子唱「踏雪尋梅」，那是我和孩子們的父母親小時候一定會學著唱的一首歌：「雪霽天晴朗，臘梅處處香，騎驢壩橋過，鈴兒響叮噹。響叮噹！響叮噹！響叮噹！響叮噹！好花採得瓶供養，伴我書聲琴韻，共渡好時光。」有畫面，有聲音，有活潑的情味。我向他們解釋了「雪霽」、「臘梅」，帶領他們想像騎著小毛驢走過石橋，驢子身上掛的鈴鐺，在冷冷的空氣中叮噹作響，那樣好聽的聲音。

然而，真正讓他們熱烈投入的卻是唱到「臘梅處處香」的時候，有個孩子大喊一聲：「辣妹處處香！哈哈哈！」其他的孩子像同時被觸動了某個按鍵似的，樂不可支的大聲唱：「辣妹處處香！」舉一反三的結果，「響叮噹」變成了小叮噹。那隻來自未來的藍色無耳貓，現在不是已經

正名為「多啦A夢」了嗎？沒想到孩子們仍知道他以前的名字。鈴兒小叮噹，小叮噹，小叮噹，小叮噹，小叮噹。「踏雪尋梅」當場改編為「辣妹與小叮噹」之歌。

說真的，我並沒有因此感到沮喪或是懊惱，我還記得自己很小的時候聽見爸爸唱他的招牌歌「綠島小夜曲」，聽見那一句「椰子樹的蒼蠅，掩不住我的情意」，也覺得很迷惑，直到長大一些，看見歌詞才知道，是「椰子樹的長影，掩不住我的情意」。我想，孩子們將來總有一天會明白，臘梅的香與辣妹的香是全然不同的啊。至於此刻，我還挺欣賞他們的創意與聯想力的。

很多事他們現在還不能理解，很多情感他們現在還不能體會，但我相信，他們有一天會明白。

我對小學五、六年級的孩子們，講解古詩十九首中的〈涉江采芙蓉〉：「涉江采芙蓉，蘭澤多芳草。采之欲遺誰？所思在遠道。還顧望舊鄉，長路漫浩浩。同心而離居，憂傷以終老。」那遠離故鄉也揮別情人的遊子，因為一朵江上的芙蓉花停下匆忙的腳步，他涉水而過採下花來，這才想到他思念的那個美麗的身影，已經不在身邊，已經相隔遙遠，這朵花是送不出去的了。

只因為喜歡一個人，你總是要重複的為她做同一件事，每次做這件事的時候，心中被喜悅所充滿。哪怕她已不在你身邊，你還是得臣服於愛的習慣，然後，你意識到一切已經改變了，於是，你不知所措，任悲哀席捲而來。

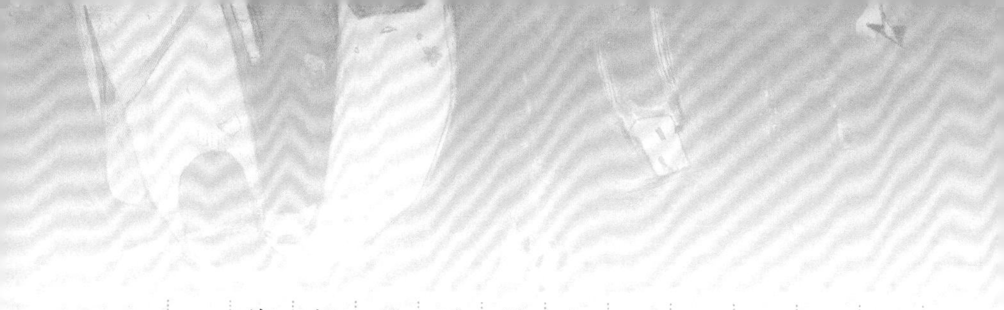

我問孩子們：「這樣的情感，你們可以瞭解嗎？」

他們搖頭，這首詩何其古老，他們又何其年輕。

我微笑著，對他們說故事，我說你有個好朋友，從小學一年級開始，你們一起上學，一起放學，媽媽不准你們吃冰的，可是，你們倆每天放學經過便利商店，就會跑進去一人買一枝冰來吃，一邊吃著一邊走回家去。有一天快回到家的時候，你的好朋友忽然喊你的名字，大聲的說：「再見！再見囉！」你覺得有點怪怪的，但你沒想太多。第二天，他沒有出現，放學的時候，你終於去問老師，他為什麼沒有來？老師說，他已經跟爸爸媽媽搬去上海了啊。你不知道嗎？你愣愣的站著，不知道該怎麼反應。那天，你像往常一樣的，走同樣的路回家，經過便利商店的時候，你走進去，打開冰箱，拿

出兩枝冰來，一轉身，才發現……你的朋友真的已經離開了啊！

孩子們很安靜，他們眼中的頑皮促狹消失了，事實上，他們顯得太沉默了。這沉默使我確信，他們對這首詩能夠感同身受，安親班或是補習班又或是學校，太多的來來去去，太多硬生生被切斷的情感不能延續，他們只是小心的隱藏起自己落寞的情緒與憂傷。

「采之欲遺誰？所思在遠道。」有時候，我情願他們還不理解這樣的情緒，有時候，我情願他們永遠那麼興高采烈的唱著「辣妹處處香」。

夏

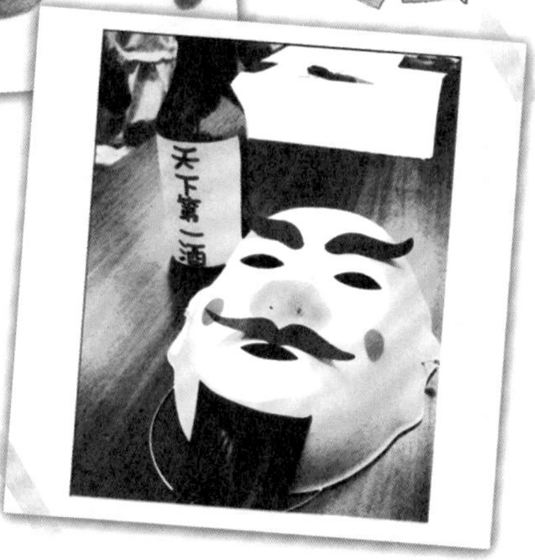
天下第一酒

孩子的情書

孩子們開始學習，付出愛與接受愛，
但，愛並不完美，有這麼多瑕疵需要忍受。
就像怎麼都彈不順的樂曲，
但，只要有幾個小節是動人心弦的，
便值得一彈再彈，
滑音，是歡快的笑聲；顫音，是酸楚的眼淚，
哪怕是在暫停的時刻，也有著深深的期待，
等待下一個音符響起。

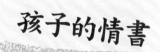

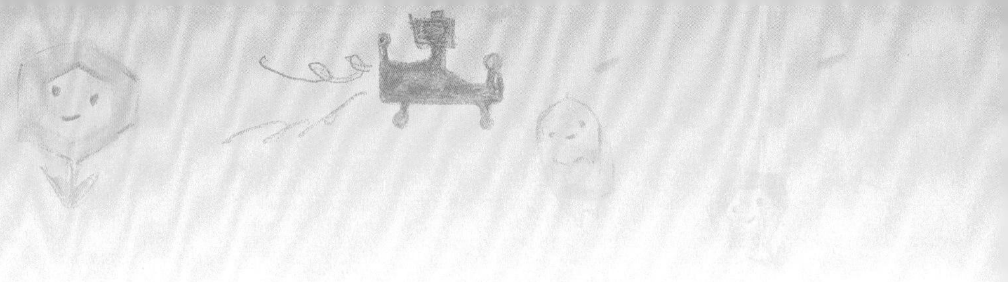

怡安走到我面前，微笑著，有禮貌的問：「老師，妳現在忙嗎？」我記得上個星期，曾經答應過她，要接受她一個學校作業的訪問，談的是我的職業與工作。這個八年級女孩，從小學畢業就來到小學堂，她的感受力敏銳，情感細膩，作文寫得很好。她曾對我說，在學校有時候會覺得孤獨，當她告訴同學她最喜歡的偶像是張曼娟，同學的反應是：「她是誰？出過什麼專輯？唱過什麼歌？」同學們對閱讀毫無興趣，對作家毫無熱情，讓她覺得深重的無力與無奈。

此刻，她坐在我面前，頗有專業記者的架勢，問了幾個基本問題之後，她又問：「有沒有什麼事，是老師在創作和教學中最難忘的呢？」我說，寫作和教學固然為我帶來極大的快樂，然而，真正讓我覺得感激的，是

知道自己的文章能為別人帶來安慰，沮喪的人、失望的人、憂傷的人、孤寂的人，當他們能從我的文字裡獲得一點點溫暖的支持和力量，這就是最難忘的事了。

怡安看著我，雙眸閃閃發亮，她輕聲說：「我就是這樣的。」

這是在夏天剛剛來臨的上午，小小的辦公室裡，只有我和她兩個人，坐在柔軟的沙發上，陽光並不炙熱，溫和的從百葉窗透進來，將室內的輪廓柔焦之後勾勒出來。

「我就是這樣的人。」她繼續說：「那時候我覺得好孤獨，很不快樂。後來，我讀了老師的書，才明白，我並不是孤獨的。」

「老師，妳的書，改變了我。」

這是怡安在小學堂最後一個階段的課程了，離別已經預兆，在窗外那些日夜茁壯的青芒果上。而她對我說了，這樣，充滿情感的話。

我覺得自己讀完了一封情書，來自孩子，而孩子的情書，具有難以抗拒的穿透力，令人顫慄。

孩子們從念小學就進入小學堂，一季一季的往上升，直到八、九年級，每次換了級別，就更換班導師。可是，不知不覺中，這些幫助他們作文和背書的導師，也在孩子的心中有了份量。琪琪和若若都是從國小升到國中的，她們之前的導師是樺老師，如今換了另一位老師，對於這樣的聚散離合，她們應該早就習以為常了。

下課時她們常聚在作文公布欄前，將兩隻小猴玩偶取下，捧在手中把玩，撫摸著牠們：「這是樺老師的小猴耶。」琪琪喃喃自語。見到別人戲弄小猴，還會警告：「你欺負樺老師的小猴喔，我要告訴樺老師。」她們有時把小猴扭轉成奇特的姿勢，笑著問我：「樺老師會不會看見？」會啊會啊，

我說。她會看見的。當她看見的時候，或許也能明白，這是孩子留給她的情書吧。

那天，若若看見了同時段在另一間教室值班的樺老師，她跑過去問：「老師！妳為什麼不帶我們班了？」樺老師微笑著說：「因為你們長大了啊！」這其實是多麼憂傷的答案，因為長大了，許多事不可避免的要改變了，不管我們喜不喜歡這樣的改變。若若站立片刻，背好背包，準備離開之前，她說：「那我以後每次來上課，都摺一封情書射給妳！」

孩子的情書啊，這威力是我們見識過的，從來不敢小覷。

在夏令營的課堂上，那個四年級的小女孩，寫了一篇「我最喜歡的人」這樣的作文，她使用的只是一般記敘文體裁，甚至也沒用什麼了不起的

修辭方式：

奶奶是我最喜歡的人。我覺得她很厲害。

奶奶有一頭銀白色又捲捲的短髮。她很慈祥，有點胖，可能是因為愛吃東西的緣故。大家都很喜歡奶奶，奶奶總是知道家人喜歡什麼，每天我和爺爺回到家都能喝到熱騰騰又美味的竹筍湯。

奶奶的脾氣和個性都有點兒硬，所以每天早上都不讓爸爸載她出去買菜，一定要自己走；沒把廚房整理好，絕不休息吃飯。但這種種的好，都比不過疼我們這些孫子。

這樣一個體貼、勤勞、為人著想的可愛奶奶的形象，清清楚楚的躍然紙上了，竹筍湯呢，我嚥下口水，在那些感到疲憊的時刻，喝一碗熱騰騰的竹筍湯，也常讓我感到幸福啊。

我喜歡奶奶，不管她在哪裡，我喜歡她的心情，絕不會改變。

「天上的奶奶！妳聽到了嗎？」

讀到最後一段，我的腦中一片空白。

那個倔強的奶奶；銀白捲髮的奶奶；總知道大家喜歡什麼的奶奶；最疼孫子的奶奶，原來，已經永遠離開了她鍾愛的孫女了。而當孫女描繪著這個親愛的奶奶，卻好像奶奶就在她的身邊，一伸出手就能擁抱的樣子，那樣親切自然。

這是一封寄到天上去的情書，可愛的奶奶，妳收到了嗎？

小學堂的學生常常是呼朋引伴一起來的，隆基和小麟從幼稚園便結下了深厚交情。而兩個小學三年級孩子的個性南轅北轍，隆基穩重安定，臉上總帶著溫和的笑容，因為他的名字與唐明皇一樣，老師們有時跟他開玩笑，對他喊：「皇上吉祥！」他靦腆的笑容裡有著對這小小戲謔的知解。小麟卻是

個容易衝動，不易專心的孩子，他剪了馬桶蓋髮型，戴著圓圓的眼鏡，看來像個小柯南，卻是躁動的。

有時在課堂上，小麟突然慷慨發言，甚至站起身子，看來異常激動。坐在旁邊的隆基就會拉拉他的衣裳，仰頭看著他，臉上依然是安靜的神情，小麟低頭看著隆基，有種如夢初醒的恍惚，然後，他停下來，坐回自己的位子。

隆基每次到小學堂來上課，都已經把該背誦的文章背得很熟了，小麟卻常是沒背好或忘記了，當小麟認真背書的時候，隆基總不會離他太遠，隔著一段距離，聽著他的背誦，當小麟背得很好，隆基便默默地微笑；當小麟背得像生柿子一樣澀，隆基的眼睛變得擔憂。

老師們常常談起這些孩子，我們都注意到隆基與小麟，這一對好麻

吉。

「就像一個防護網。」耘老師說：「不管小麟要做些什麼事，隆基都會幫他把最後一關守得好好的，讓他不會有真正的危險。」

「每次看見隆基照顧小麟的樣子，都覺得好感動喔，不知道小麟有沒有感覺到自己很幸福呢？」詩詩老師嘆息著說。

小麟到底有沒有感覺呢？知不知道自己很幸福呢？

在「我的好朋友」那篇作文裡，隆基寫的是小麟，他寫道：「我的朋友小麟的脾氣不太好，他常常亂發脾氣。有一次，我真的生氣了，不想理他，也不想跟他當朋友了，他跟我說話，我都不回答，沒想到他竟然大哭起來，非常難過。有個朋友跑來告訴我，說小麟在哭，我看見了也覺得很難過，後來我們就和好了。他其實是個很好的朋友，我希望他可以改掉這個壞脾氣，那就太好了。」

小麟看見這篇作文，激動指數又差點破錶，他對我嚷著：「老師！妳看！隆基竟然說我的壞話！說我愛發脾氣！真是氣死我了啦！」他一邊喊著，口水一邊噴到我的臉上。隆基只是一逕地笑著，一點也不想分辯或解釋。

「你的作文呢？給老師看看吧。」我把口水抹掉，伸手向小麟。

他將作文塞給我，不斷喊著「氣死我，氣死我了！」然後，一溜煙的跑去玩了。

「隆基是我最好的朋友，因為從我很小的時候，就已經認識他了……有一次我去遊樂場玩，好多玩具都想玩，結果，竟然走丟了。找不到爸爸，也找不到媽媽，心裡非常害怕。後來，隆基知道了這件事，從此以後，我們每次去遊樂場玩的時候，他都會牽著我的手，讓我覺得很安全……」

小麟是明白的啊。明白自己這樣幸福。等他長大以後，是否還會有個

人，這樣守護著他？不管他「改掉」或「沒改掉」這些壞脾氣和壞習慣？只要看見他難過，就不忍心；怕他迷失，所以牽著他的手。還會不會有這樣一個人，讓他覺得很安全？

這是孩子寫給好朋友的一封情書，是一首愛的練習曲。

他們開始學習，付出愛與接受愛，但，愛並不完美，有這麼多瑕疵需要忍受。就像怎麼都彈不順的樂曲，但，只要有幾個小節是動人心弦的，便值得一彈再彈，滑音，是歡快的笑聲；顫音，是酸楚的眼淚，哪怕是在暫停的時刻，也有著深深的期待，等待下一個音符響起。

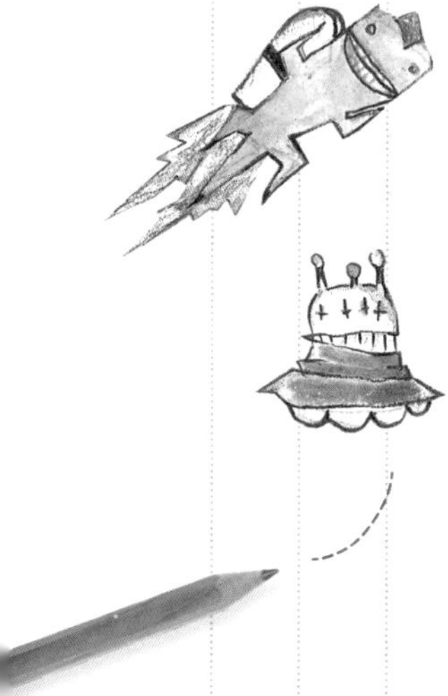

至高無上的放肆

他們竟然願意犧牲自己，
為不認識的他人而犧牲，
如此神聖偉大而誠摯篤定。
在那沉靜的，循規蹈矩的身軀中，
原來有著至高無上的放肆——
把自己的一切都給出去，
哪怕是最貴重的生命，在所不惜。
這樣慷慨、無所畏懼。

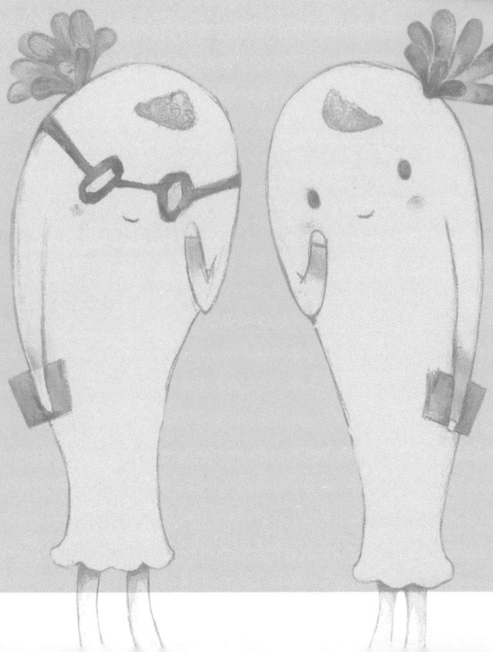

NO1

這是小學堂成立三年以來，最緊張也最期待的日子，我們為少年二班的孩子，準備了一場結業式。他們是小學堂最高班的學生，上完這個季節，也就無課可上了。這個班上還有八個孩子，是九年級生，要參加基測的。

整個空間裡，都是依依不捨的味道。

這一場結業式，也是一場成果發表會，小學堂的老師們製作了孩子的上課片段與他們的佳句欣賞，要與家長分享。

十一點鐘，小學堂的大門推開了，家長們陸續進場。阿寰突然跑到我身邊，說：「老師！這個給妳。」我反射性的往後退一步：「你又要嚇我喔？」

上個星期，他交了一台手機給我，要我盯著屏幕上的搖椅，看它搖晃幾

次。

「沒動啊！」我說。「要專心啦，妳要專心看啊，動啦動啦……」真的動了，我專心的數著，一次、兩次、三次，突然，猝不及防地，一張醜陋斑駁的鬼臉，占領整個屏幕。「啊——」我驚恐的大叫一聲。

「嚇到了！嚇到了！哇哈哈哈！」阿寰開心的大笑。

「可惡啊你！」我轉身要捶他。他跑開了，我拔腳去追，他只跑幾步，就停下來，讓我抓住，捶了幾下。「老師！妳真的嚇到囉？」「當然啦，我那麼相信你，很專心的數搖椅動幾下嘛！」我一邊說著，一邊也忍不住好笑起來。

阿寰的手放在背後，說有東西要給我，我當然提高警覺。他似有若無的笑了笑，拿出一張紙遞給我，轉身離開了。

那是他寫給我，寫給小學堂的一首歌。

第一次來小學堂的那年秋天／興奮的感覺比睡蟲再多了一點／老師和同學 第一次見面／在教室裡 到處書香蔓延／窗外的麻雀 看著裡邊認真的容顏／晴天 出現 過著充實的一天

雨天 洗臉 我向小學堂往前／坐著捷運 外頭細雨綿綿／好希望 佳句可以再多寫一點／坐在同學旁邊 筆記已布滿整面／雨滴輕輕的打在 玻璃表面／伴奏 跟著笑臉一起出現

阿寰會來小學堂，完全是受到弟弟阿宙的影響，阿宙的作文突飛猛進，在這裡如魚得水，他喜歡老師和同學，大家也喜歡他。阿寰看弟弟那麼開心，主動要求，他也要來看看。這一看，就看了一年半，有時候他顯得無精打采，有時候刻意搞笑，他的作文沒太大進步，也看不出喜歡或不喜歡小學堂。到了少年二班，老師們努力在他的作文中挑出佳句來表揚，並且必須面對一個事實，阿寰和一般的孩子不一樣，他的作文天馬行空，創意無窮，

卻不見得符合正規作文的要求。然而，我常常在想，這世界若只有「規格化」的人，那該有多麼無趣啊！

那一次，我出了作文題目「○○，是最重要的」，給他們寫作。大家都寫得很認真，有人說，「樂觀」是最重要的；有人說，「自信」是最重要的；有人說，「快樂」是最重要的；有人說，「愛」是最重要的。而阿寰說，「馬桶」是最重要的。他寫下了人在什麼時候最需要馬桶，需要馬桶時找不到馬桶，有多麼痛苦。全篇都是笑點，老師們一邊狂笑，一邊搖頭，不知如何是好。笑完之後，我認同了阿寰的創意；也認同了他的論點，但是，我告訴他，這麼好的點子不能浪費啊，你應該再多說一點，我們可以跟馬桶學到什麼啟示呢？一篇文章的深度就會出現了啊。

不久之後，阿寰的媽媽告訴我，這一期課程結束，阿寰就要去美國念書了。是他自己要求的，他明白看起來吊兒郎當的自己，常常會被誤會，彷彿是故意挑釁老師，故意和他人作對。他覺得到了美國，自己的特立獨行，也許會被當成獨特來欣賞。「到了那裡，他也許才能有比較好的發展。」媽媽這樣說。

我點點頭，表示能夠理解，但我不能解釋心中何以那樣憂傷。

「阿寰的文章都有歌詞的味道，以後說不定會變成很棒的作詞人喔。」我當著媽媽的面，肯定阿寰。媽媽感到詫異：「老師也發現了啊？他很喜歡寫歌詞的。」「這樣啊。」我對阿寰說：「你要不要寫首歌送給我？送給小學堂？」他抬了抬下巴，很酷的朝我笑一下，未置可否。直到最後一堂課，他準備了這個禮物，送給小學堂的一首歌。

我在結業式開始時，唸給全體家長與孩子聽：

我會想念　想念　在這裡的一切／一切　一切　一切／下課播放的音樂　會在我心中徘徊／當我再次回來　已不是小孩／青春的雨　下著一遍又一遍／就算感冒　我卻盼望　可以再淋一遍

離開小學堂　這天／散發的不是離別的氣味／我有這信念　會再見／說我很固執　無所謂／豪情不減　嬉笑當年

名為青春的潮水　淹沒了我／退潮後　沙灘上　坐著濕透的我／看著小時候向我揮舞著雙手／但我還在　刻在心中的小學堂／還在　永遠留在心中

這不只是對小學堂的惜別，也是他自己與童年的告別啊，與故鄉的告別，去那個遙遠的異鄉，鑄造一個更好的自己。這一切豈是容易的事？走出小學堂的阿寰，是否已經知道，他也將跨出人生的一大步？

在學生與家長的熱烈掌聲中，我請阿寰站起來打個招呼，他有些靦腆的站起身，我這才發現，他穿了件黑色T恤，胸前兩個白色大字，「放肆」。

成年人杜絕孩子的放肆，怕他們冒犯長輩、冒犯他人。一直以來，放肆，都是被壓抑的，從來不值得鼓勵。但，如果我們深一層去體會「放肆」的內涵，或許就不那麼戒慎恐懼了。這一次，阿寰向我們放肆了他的情感，讓我明白，原來，在他的嬉笑與不在乎之下，隱藏著這樣的深度。

少年二班有個女孩，乖乖巧巧，從第一屆在錢穆故居舉辦的小學堂夏令營就來參加的，停了一年之後，又重返小學堂。她上課時很專心，目不轉睛的盯著老師看，可是，卻令我感到微微的焦慮。她只是盯著老師看，卻不看課本，也不抄筆記，好像她是來看電影或舞台劇演出，而不是來上課的。聽了我的描述，別的老師也在一旁觀察，得出結論：「真的耶！只差一桶爆米花，就完全是看電影的感覺了。」於是，我們便暱稱她為「爆米花女孩」。

「爆米花女孩」的媽媽說，她很喜歡來小學堂，因為聽老師上課感覺很放鬆。「可是，她也太鬆了吧。」讀著她的作文時，我們都好希望她可以稍

稍調緊一點。下了課，我盯住她：「這次寫作文，至少要用一個修辭技巧，一個就可以了。行嗎？」她羞怯的笑著點點頭。就這樣，我們鼓勵著她的想像，讓她更大膽一些，更放肆一點，她的信心漸漸充滿，常常振筆疾書，欲罷不能，成了最遲交作文的那一個。因為，她想寫得更多，寫得更好，而她登上佳句榜的次數也愈來愈多。我們都看見在停機坪上的「爆米花女孩」號，已經騰空飛起了。

習慣壓抑，而不放肆的孩子，連作文都寫不好，因為他不敢想像，不敢創造。

因為放肆著想像力，她在描述辣雞翅味覺時，寫下這樣的句子：「像是無數根針刮著你的全身，你的雙腳會開始奔跑，努力想逃離這一切……你在地獄的入口邊緣滾了大半天，你需要大量的時間再度活過來，這種苦恐怕連神仙看了都怕，它是魔鬼最害怕的魔鬼……」是的，這並不寫實，這是誇張

加上放肆之後的結果。而「爆米花女孩」終於藉由放肆，獲得了創作的神奇能力。

我也讓孩子寫過一些問答題，像是「如果謀殺一個『無辜』的人，可以解除全世界的饑荒，你願意這麼做嗎？」絕大多數的孩子都認為「無辜」的那個人的生命也很珍貴，不應該謀殺，然而，其中有兩個孩子，說明了不應該謀殺無辜者的種種理由之後，筆鋒一轉，寫道：「全世界的饑荒，怎能坐視不管？謀殺一個『無辜』的人，便可以解救全世界的饑荒，那麼，我希望被謀殺的那個人，是我。」「如果是我，那麼，請動手吧。」我的紅筆停在空中，整顆心被緊緊揪住，這一個女孩與這一個男孩，不過十四、五歲，他們都是安靜的孩子，很少發言或發笑，各方面的表現也不特別突出，並沒有引人注意的企圖，大概是在團體中挺容易被忽略的孩子。

可是，他們竟然願意犧牲自己，為不認識的他人而犧牲，如此神聖偉

大而誠摯篤定。在那沉靜的，循規蹈矩的身軀中，原來有著至高無上的放肆

——把自己的一切都給出去，哪怕是最貴重的生命，在所不惜。

這樣慷慨、無所畏懼。

我的製作單位

二〇〇八年一月，
我們這群人一起走進餐廳，尾牙聚餐。
老闆娘開心的問：「他們是妳的……是妳的……」
我正在想該怎麼回答，而她忽然說：
「妳的製作單位吧！」
可不是嗎？他們確實是我的製作單位啊。
「張曼娟小學堂」，是我人生中最樸素，
也最華麗的一齣戲。
他們不僅是我的幕後製作單位，
也是我的同台演員，更是我最嚴苛的觀眾，
我們合演了一齣叫作「成長」的戲。

四川大地震傷亡慘重，校舍坍塌，活埋了許多孩子，這是最令人感到驚痛的。有一位男老師，當大地開始震動時，立刻拔腿跑出教室，去到安全的地方避難。等到學生陸續從教室中逃出來，驚惶失措的問老師：「你怎麼一個人先跑出來了？都不等我們。」老師反問學生：「你們怎麼跑那麼慢？」這件事引起輿論一陣譁然，紛紛指責男老師有虧師道。這位老師卻也不是省油的燈，振振有詞的為自己辯護：「我雖然是老師，卻沒有法律規定老師要為學生犧牲生命的。我保護自己有什麼錯？」

在小學堂的課堂上，我和八、九年級的孩子談起這個新聞：「這位老師說的其實沒有錯，但是，聽起來總覺得哪裡怪怪的，就是很難說服人。你們覺得哪裡不對勁呢？」

「他應該當律師的，不該當老師！」反應超快，點子特多的阿寰脫口而出。

其他的少年鬆了一口氣似的笑起來。一針見血，這就是關鍵所在了。那位老師確實沒有錯，他只是選錯了行業。

許多老師都是很熱血的，當危難發生時，往往憑著一股本能與衝動，想要保護學生。就像父母親在危險的瞬間，會不假思索的用生命去捍衛子女，是一樣的。

小學堂的Wendy主任，在美國受教育，完成了ＭＢＡ學位回台灣，一直從事行銷的工作，她的所學與中文教育是完全沾不上邊的。但是，我一直很難忘記那年春天，芒果樹上開滿了花，授粉的蜜蜂忙得暈頭轉向，就有這麼一隻蜜蜂誤闖小學堂教室，停在一個女孩的肩膀上，頓時引起同學們的驚呼。距離最近的Wendy主任飛奔而至，徒手將蜜蜂捉走，就在她將蜜蜂帶

到陽台放生時，被蜜蜂螫了。紅腫的傷口，已經不是藥膏可以減緩的疼痛，愈來愈劇烈的炙痛與難受，使她不得不去醫院治療。

徒手捉蜂事件，後來成為我們的熱門話題，有時候連Wendy自己也加入嘲笑的行列。這實在是太缺乏常識了吧？竟然徒手去抓蜜蜂？以為這是在抓蒼蠅嗎？說著笑著，但我明白，在那個瞬間，她是無暇思慮的，只想解救危機，消除恐懼，保護孩子。她確實與中文教育沾不上邊，但她卻以實際行動詮釋了一個「老師」的角色，毋需辯駁或掙扎，根本忘記了自己。

耘老師也是和孩子沾不上邊的，作為一個作家與編輯，她總是宣稱自己完全不知道該怎麼和小孩相處。但是，來到小學堂之後，漸漸改變了。她

特別注意角落裡孤獨安靜的孩子，她陪著他們閱讀；跟他們有一句沒一句的閒聊，有時候就只是陪他們在地板上坐著。而她也是很執著的，認為孩子來了小學堂就該好好背書，遇見不肯背書的孩子，別的老師向她求助：「耘老師！他不背書啊。」「這樣啊。」耘老師隨即化身為背後靈，跟在孩子身後叮嚀：「背完再下棋吧。」「先背一首詩吧。」「不然就先背這一段吧。」孩子終於拗不過，背完一首又一首，不知不覺全背完了。

耘老師近來推陳出新，發明了「不背書就劈腿」遊戲，獲得熱烈迴響，門庭若市，生意相當興隆。孩子背不熟，就得要劈腿；孩子背熟了，耘老師劈腿。耘老師的台詞不再是「背一首詩吧。」而改為「要不要先暖身啊？」小小孩一進小學堂，衝到耘老師面前大喊一聲：「老師劈腿！」話音未落，來個大劈腿一字馬，簡直像是練京劇的。圍觀的老師個個目瞪口獃：「他為什麼要劈腿啊？」小小孩一邊起身一邊說：「我背得很熟，都沒機會

劈腿，先劈了再說！」

曾有家長詢問，為什麼小學堂只收小學三年級到國中三年級的學生？可不可以開個幼幼班呢？我開玩笑似的跟朋友說：「我不想讓老師們把屎把尿啊。」其實，是因為我對幼教完全陌生，沒有把握。

但，這玩笑開得真不好。屎和尿這樣的事，在小學堂雖不算頻繁，卻也是時有所聞的，另外還有嘔吐穢物。在課堂上忽然有學生尿了或是吐了，都考驗著老師的應變能力，如果處理得當，便能將孩子的創傷降到最低。這一類的事故，每次都讓愛乾淨的樺老師遇見了，有時候正好是她當班；有時候她是來義務幫忙的；有時候她只是被耽擱了還沒離開，就那麼正好的，都碰上了。

我暗中觀察樺老師的危機處理步驟：不動聲色、迅速敏捷、乾淨俐落、雲淡風輕，好像什麼都沒發生過。除了發自內心的佩服，也很想將張愛玲那篇小品文的幾句話送給她：「於千萬年之中，時間的無涯的荒野裡，沒有早一步，也沒有晚一步，剛巧趕上了，那也沒有別的話可說，惟有輕輕地問一聲：『噢，你也在這裡嗎？』」我想，她確實沒有別的話可說，也確實明白自己為什麼會在這裡了吧。

詩詩老師創意活潑的作文課，是孩子們最快樂的時光，他們興奮的玩著各種遊戲，沒發覺自己在上課；他們把遊戲裡最有趣的部分寫下來，就這樣完成了一篇作文。當小學堂還在九樓的時候，我們只有一間不算寬敞的教室，詩詩老師帶著全班孩子，為他們導覽小學堂，一眼就能看完的地方。只聽見她說：「來！這裡是我們

的閱讀區。」「看！這裡是遊戲區喔！」「吶！這裡就是小朋友佳作貼出來的小作家看板啦！」「還有還有，這裡是休閒聯誼區！」如果沒有來到現場，會以為她導覽的是四、五十坪的空間，而她帶領孩子重新體驗，空間也許很小，也許遼闊得無邊無際，由每個人心的容量來決定。

盈盈老師柔情似水，孩子都喜歡她。她總是帶著各式各樣的糖果與玩具來到小學堂，背書背完的、作文寫完的，就可以挑選不同口味的糖果，或是體驗在鱷魚利齒間閃躲的刺激。她選了許多影片放映，孩子津津有味的看著，增加了對於中國文化的瞭解，也增添了寫作的興致。當她為每個孩子講解批閱過的作文之後，仍不願休息，特別為上課比較不專心，進步比較緩慢的孩子個別輔導。她為他們挑選適合的練習本，讓他們閱讀、作習題，再為他們訂正，讓他們一次比一次更進步。我看著她俯身對小女孩說話，小女孩專注的傾聽，她們的長髮疊在一起，像一片閃亮安靜的瀑布，無聲流動。

萩萩老師個子小小的，可是，當她站在講台上開始上課，便慢慢高大起來了。她常跟孩子談他們該怎麼保護自己的身體；該怎麼尊重自己與他人；怎麼做才能讓自己更好等等。她非常珍惜看重孩子的作品，每個學期都為他們發行自己班上的報紙，報上刊登著每個學生最好的一篇作品，她親手打字、排版，期末時印給孩子們。拿到報紙的孩子，有的歡聲雷動；有的想笑不敢笑；有的悶著頭找自己的作品；有的開心的拍打身旁的同學。他們大概很難忘記這一份為他們發行的報紙，看見自己的名字閃閃發光，彷彿是個大明星。

「羿老師應該有些神通吧。」談到高級班的羿老師，大家都這麼說。因為，她不僅只是上課而已，她似乎是在觸摸孩子的心靈。五、六年級的孩子，開始進入青春期，免不了的彆扭，許多孩子緊閉心扉，帶著抗拒而來。但，羿老師就是可以把每個孩子摸得透透的，他們喜歡和不喜歡的事物；他

們的專長與嗜好；他們希望變成什麼樣的人，她都知道。學生記錄上密密麻麻標示著別人看不懂的標誌，幾個禮拜下來，她總能在固若金湯的硬殼上，輕輕敲出細縫，一點一點把愛滲進去，於是，一臉緊繃的青春期男生也笑了，我們這才發現，他笑起來原來這麼好看。

「永不放棄」，應該是師老師的人生哲學吧。我們在大學校園裡相遇，成為多年好友。我一直記得，當我們都很年輕的時候，我看見她與情人坐在操場的綠草地上，背後是溪邊的垂柳，周圍是春天的陽光，她長髮披肩，甜美的笑著向我招手，那是我所記得的，最美麗的愛戀的容顏。她的教學資歷與經驗都比我豐富，於是，小學堂開了少年班，我便邀請她來上課，也為我們規劃課程。

她相信鼓勵是最好的靈藥，雖然，這些少年寫不成一篇好文章，卻還能寫出一、兩個不錯的句子，師老師為他們的佳句製作PowerPoint，放出來

給全班看，受到鼓勵的孩子，眼瞳立即點燃一把火，讓他們對於創作，對於自己更有信心。這種風生水起的狀況，固然振奮人心，卻不是萬靈藥，遇見心不在焉的學生，不管多麼賣力的鼓勵、教導，卻擺出一副完全懶得理會的模樣，還是令人很沮喪的。

那個少年作文寫得斷續零亂，無法成篇，上課時總是趴在桌上，垂搭眼皮。我們不是魔鬼班，沒有值星班長拿著教鞭笞撻；也不可能罰青蛙跳一百下，只能好言相勸。可是，不管多麼努力，還是無效。「講了好多遍都不聽。」「真的是沒辦法了啊。」我和師老師不知道討論了多少次，一次比一次更加無力。那天出了作文題目，師老師立刻把少年叫到休息室裡，和他談了好一會兒，少年帶著幽微的笑意回到教室，開始振筆疾書，他終於寫出了最完整的一篇作文。我用充滿感激的眼光，禮讚著相識半生的朋友，覺得自己又重新認識了她。

最擅長講冷笑話的蕙老師，以千變萬化的冷笑話，在少年班奠定了「冰山美人」的地位。要把各種笑話與教材緊密結合，不露痕跡的施展出來，其實並不容易。看著她認真有效率的工作，我常問自己，念博士班的時候，能像她做得這麼多，這麼好嗎？那一次，我們串通了八、九年級的孩子，偷偷幫蕙老師過生日，出其不意的，我熄了教室裡的燈，一片黑暗中，少年們唱起了生日快樂歌，而我忽然感覺震動了，他們唱得那麼真誠，那麼喜悅，這原本是一群不輕易流露情感的孩子啊。

認識敦老師的時候，他只是個大一的學生，但，他的沉穩篤定，比起同齡學生成熟許多。就這樣看著他大學畢業了，考進研究所了，成為小學堂的老師。常有人問：「妳怎麼挑選小學堂的老師呢？妳怎麼知道那個人會是個好老師呢？」我怎麼會知道呢？敦老師頭一次進入小學堂上課，跟孩子講解作文時，他蹲下來了，蹲得比孩子還要矮，微微仰頭看著孩子，溫和地、誠摯地、充滿耐心的，慢慢對他們說話。那時候，我就知道了啊。

小學堂裡還有更年輕的導師們，既是孩子的玩伴，又是他們的守護者。欣欣老師在小學堂初創時，便來找我：「老師，我很喜歡小孩，可以去小學堂當義工嗎？」她根本不需要工讀，她只是真的很喜歡，用心去做。那個頑皮的男生子瑞跟著父母移民去加拿大，臨別時寫了小紙條給欣欣老師：

「我覺得妳是很棒的老師，希望妳的夢想可以實現，將來成為一個老師。」他為什麼會知道呢？欣欣老師並沒有跟他聊過自己的夢想，是因為她的夢想成了一個美麗的輪廓，連小孩子也能看見吧。

阿凡老師是物理系高材生，小男生總圍著他打轉，不叫他老師，而叫他「阿凡

哥哥」，他們放學後都不回家，幫著他打掃或是幫忙其他的雜務。有個孩子得到了一份很喜歡的禮物，媽媽問他：「想跟誰分享這個禮物啊？」他說：「小學堂的阿凡哥哥。因為他很辛苦，要幫我們背書，還幫我們訂正錯字。」只要對孩子用心，他們都能體會到的。假若下次他們看見街舞達人阿凡哥哥跳街舞，恐怕會興奮得掀了小學堂的屋頂吧。

小慈老師的優雅秀氣，在我看來，也是一種教具，正好教導那些五、六年級的男生，該怎麼好好跟女生說話，改掉他們粗魯的壞習慣。她的恩威並施，確實發揮了良好功效。而她也是個執著的人，遇見不背書又打馬虎眼的孩子，便和和氣氣地說：「沒背書啊？那沒關係啊，不用著急，慢慢來嘛。如果沒背完的話，老師陪你，我們就不回家了。」聽見這樣的承諾，孩子腦袋裡的燈忽然亮起，背得又好又快，拎起背包趕忙回家去。

大學畢業的阿傑老師準備入伍當兵了，坐在辦公室門口的小板凳上，

有點惆悵，他得離開小學堂，小學堂又要搬家了。「小板凳還會在吧？」這個哲學系的大男生問。「放心！這是你的專屬座位，隨時等著你的。」Wendy主任說。他那麼大的個子，與這麼小的板凳，其實一點也不搭配。就像他剛來小學堂的時候，真的無法想像，竟會讓小小孩攀爬在身上，把他當成一棵樹，一邊遊戲一邊背書，原本應該那麼酷的一個大男生，沐浴在慈愛的光輝裡。

二〇〇八年一月，我們這群人一起走進餐廳，尾牙聚餐。老闆娘是做廣播時相識的，看見我與這麼多人一起出現，特別開了一瓶香檳請我們喝。她開心的問：「他們是妳的……是妳的……」我正在想該怎麼回答，他們是我的同事也是我的學生，而她忽然說：「妳的製作單位吧！」

可不是嗎？他們確實是我的製作單位啊。「張曼娟小學堂」，是我人生中最樸素，也最華麗的一齣戲。他們不僅是我的幕後製作單位，也是我的同

台演員，更是我最嚴苛的觀眾，我們合演了一齣叫作「成長」的戲。

在戲中，許多孩子成長了，我們也成長了。

我，在小學堂中，渡過了一整個春夏秋冬

每次總能 聽那琅琅讀書聲，品嘗詩經的每一字，咀嚼白話文學的趣

咀嚼古典文學的味，吃那精緻的茶點，看小學堂的一切

我好快樂——能和孟嘗君、諸葛亮、劉伯溫聊天

我好高興——能和張曼娟、徐志摩、梁實秋談心

敬曼娟老師、師老師、信樺老師、蕙如老師

再見～～我的小學堂　　陳廷 敬

國家圖書館出版品預行編目資料

嚐！我們同在一起 / 張曼娟著.--初版.--臺北
市：皇冠. 2008〔民97〕
面；公分（皇冠叢書；第3769種）
（張曼娟小學堂；1）
ISBN 978-957-33-2457-7 （平裝）

855 97014438

• 皇冠文化集團網址：
www.crown.com.tw
• 皇冠讀樂Club：
blog.roodo.com/crown_blog1954
• 皇冠青春部落格：
www.wretch.cc/blog/CrownBlog
• 皇冠影音部落格：
www.youtube.com/user/CrownBookClub
• 張曼娟小學堂：
www.prock.com.tw

皇冠叢書第3769種
張曼娟小學堂 1
嚐！我們同在一起

作　　者—張曼娟
發 行 人—平雲
出版發行—皇冠文化出版有限公司
台北市敦化北路120巷50號
電話◎02-2716-8888
郵撥帳號◎15261516號
皇冠出版社(香港)有限公司
香港灣仔駱克道93-107號利臨大廈1樓
電話◎2529-1778　傳真◎2527-0904
出版統籌—盧春旭
責任編輯—盧春旭・張懿祥
美術設計—王瓊瑤
行銷企劃—周慧真
印　　務—林佳燕
校　　對—張曼娟・鮑秀珍・張懿祥・盧春旭
著作完成日期—2008年
初版一刷日期—2008年9月

法律顧問—王惠光律師

讀者服務傳真專線◎02-27150507
電腦編號◎519001
ISBN◎978-957-33-2457-7
Printed in Taiwan
本書定價◎新台幣280元/港幣93元